오이디푸스

오이디푸스
Œdipe

책임편집 크리스티앙 비에 | 정장진 옮김

이룸

피귀르 미틱 총서

오리엔탈리즘을 지저하며 우리는 동양과의 대척점에 서양을 놓기를 주저하지 않는다. 그러한 문제의식이 타당하지 않은 것은 아니다. 하지만 서양에 대하여 과연 우리는 얼마만큼 제대로 알고 있을까? 성경과 고대 신화 속의 인물들 그리고 고전이 된 서양 문학의 주인공들, 우리에게 이름은 친숙하나 실제 그 정체와 흔적은 제대로 드러나지 않는 인물들을 주의 깊게 들여다보는 '피귀르 미틱(신화적 인물들) 총서'는, 그러한 물음에 대한 아주 친절한 답이다.

사실 그 인물들은 서양인들에게조차도 의미의 맥락과 변주가 분명하지 않다. 때로는 눈부시게 강렬한 후광이, 때로는 지나친 상업적 대중화가 그 이해와 접근을 가로막은 것이다. 영화와 연극, 오페라와 문학 등 다양한 장르를 통해 시기와 장소를 달리하여 변해온 그것들이 서양인의 영혼 속에서 영원히 지워지지 않는 고향과도 같은 자리를 차지하고 있음에도 불구하고 말이다. 그리하여 문학, 역사, 인류학, 미학, 정신분석학 등의 다양한 시각을 동원하여 그 고향으로 가는 길을 찾아본 것이 바로 '피귀르 미틱 총서'이다.

그런데 가만히 생각해보면 그 인물들의 고향은 더 이상 서양에 한정되지 않는다. 서구화된 삶을 통해, 책이나 영화와 같은 다양한 문화 장치를 통해 우리 '안'에 이미 들어와 있기 때문이다. 그러니 서양을 넘어 우리에게로 이어지는 보편적 인간 영혼의 비밀을 확인하고 싶은 사람들에게 '피귀르 미틱 총서'는 유용한 길잡이가 될 것이다.

Œdipus

    오이디푸스 신화가 탄생한 이후 제기된 문제들을 밝히기 위해서는 문학적 근원인 〈일리아스〉와 〈오뒤쎄이아〉까지 거슬러 올라가야만 할 것이다. 또한 아이스퀼로스, 소포클레스, 에우리피데스로 대표되는 그리스 비극도 살펴보아야 한다. 어떤 문제들이 제기되어 왔는가? 신적인 것과 인간적인 것 사이의 관계와 실수, 죄, 책임의 문제도 제기되었으며 나아가 한 가문 전체의 가계와 대를 잇는 문제 등도 제기되었다. 하지만 진정으로 중대한 문제는 자기 자신을 찾아 나선 인간이 맛보아야 하는 비참함과 위대함일지도 모른다. 오이디푸스는 이렇게 수많은 문제를 낳았고, 그래서 수많은 해석과 지속적인 독서의 대상이었다.

    오이디푸스의 모습이 변화무쌍하여 다루는 사람에 따라 언제나 다른 모습을 띠어왔다는 점은 모든 사람이 기꺼이 인정한다. 그러나 오이디푸스가 앙시앙 레짐하의 프랑스 연극이 제기한 문제들의 핵심이라는 사실은 많은 사람이 잘 모르고 있다. 왕정하의 프랑스에서 오이디푸스는 어떻게 묘사되었는가? 중대한 실수를 저지른 왕과 근친상간을 저지른 왕비와 그렇게 해서 태어난 자식들은 어떤 방식으로 재현되었을까? 신, 국법, 왕, 국가 그리고 가정을 송두리째 혼란 속으로 몰아넣을 수 있어 마침내는 절대왕정 자체를 전복시킬 수도 있는 이 주제를 당시 사람들은 왜 정면으로 다루었던 것일까?

고대 그리스 로마 시대에 오이디푸스는 일종의 의식으로서 가정과 국가에 잠재되어 있는 공포를 드러내고, 그럼으로써 멀리 쫓아내려는 목적을 갖고 있었다. 오이디푸스는 이후 근대에 들어와 하나의 제의로 변모하여 특권층의 밀실에서, 그것도 은밀한 언어를 통해 공연되었고, 마침내는 상담실의 안락의자에서 정신과 의사에 의해 공연되기에 이르렀다.

오이디푸스는 어디로 갔는가? 67

장-마르크 랑트리

20세기는 신화를 대량으로 소비한 사회였다. 하지만 신화 중의 신화라 할 수 있는 오이디푸스 신화가 차지하고 있는 위치는 모호하기만 하다. 오이디푸스는 20세기에도 여전히 문학이나 그의 원 출생지인 연극에서 지속적으로 등장했다. 하지만 이제는 철 지난 신화이며 현재의 일이 아닌 것 같은 인상을 주고 있다. 희화화되고 비극이 없는 앙드레 지드와 장 콕토의 오이디푸스에서 소설과 누보 로망 등 도처에 산재해 있는 오이디푸스에 이르기까지, 또 오이디푸스 한 인물에 지나치게 집중되어 있던 이야기에서 탈피해 수많은 엘렉트라와 오레스테스, 안티고네를 다룬 연극에 이르기까지, 오이디푸스 신화는 20세기에도 지속되었다. 하지만 20세기의 오이디푸스는 연극이나 문학과 같은 대중적 공간 대신 상담실이라는 사적인 공간을 더 많이 차지하게 되었다.

오이디푸스 콤플렉스 97

제라르 포미에

프로이트 이후 오이디푸스는 콤플렉스라는 말과 함께 사람들의 입에 오르내리게 되었다. 비극적인 테바이 왕의 운명은 그렇게 해서 보편적인 것이 되었고, 나아가 일상적인 것이 되어버렸다. 자라면서 모든 사람이 홍역을 치르듯이 오이디푸스 콤플렉스를 치르고, 성인이 되는 길을 발견한다는 것이다. 분석은 콤플렉스를 와해시키는 과정에서 어떤 역할을 하는 것일까? 오이디푸스 신화는 문명 창조의 근원으로까지 확대 인식될 수 있는데 과연 어느 정도까지 그런가?

회화 속의 오이디푸스
피에르 바트 | 파트릭 압살롱

비윤리적인 이야기인 오이디푸스 신화를 다룬 회화는 그리 많지 않다. 위대한 장르로 인식되던 역사화는 그래서 18세기와 19세기 내내 오이디푸스를 거부해왔다. 기념비적 성격을 간직하면서 동시에 교훈적이어야 했던 역사화에서 어떻게 근친상간과 친부 살해 이야기를 다룰 수 있었겠는가! 정서적인 두려움과 함께 신화적 이야기로서의 특성은 오이디푸스를 이미지로 표현하는 것이 무척 어려운 일이었음을 일러준다. 테바이 왕의 비극적인 이야기는 화가들에게 매혹과 공포를 동시에 주었다. 오이디푸스 신화가 화가들에게 들려주는 이야기는 바로 모든 창조의 심부에 잠재해 있는 수수께끼 바로 그것이기 때문이다.

다리 아래서의 다섯 대화
장-폴 구

오이디푸스에서 바보들까지: 경험에 기초한 몇 가지 노트
주세페 만프리디

일러두기

1. 그리스 신화 속 인명과 지명은 가능한 한 그리스식으로 표기하는 것을 원칙으로 했다.
   ex) 율리시스→오뒤쎄우스, 아폴로→아폴론, 테베→테바이
2. 작가명은 작가의 출생국 언어 발음에 기준해 표기하는 것을 원칙으로 했다.
   ex) 호머→호메로스, 아이스킬로스→아이스퀼로스, 유리피데스→에우리피데스
3. 작품명은 가능한 한 백과사전에 기준해 표기하는 것을 원칙으로 했으며, 장르에 관계 없이 모두 〈 〉로 표기했다.

서론

> 많은 인간이 이미 그들의 꿈속에서 어머니의 침실에 들었노라.
> 이런 이야기를 대수롭지 않게 여기는 자들만이
> 인생을 보다 잘 견뎌낼 것이다.
>
> 소포클레스, 〈오이디푸스 왕〉, 폴 마종Paul Mason 역,
> 레 벨 레트르Les Belles Lettres, 1958.

오이디푸스의 이야기는 살기 위해서는 어떤 식으로든 극복해야
만 할 하나의 끔찍한 꿈, 악몽이다. 인간은 이 끔찍한 꿈—근친
상간, 친부 살해 그리고 시간의 어둡고 희미한 기원에서 시작된
저 비극적인 실수 등으로 이루어진—이 드러내는 모든 것에도
불구하고 이 악몽을 견디며 살아가야만 한다. 불행한 이야기이지
만 오이디푸스를 특별한 인물로 만들어준 이 이야기는 톱니바퀴
처럼 서로 맞물려 있는 사건들로 이루어져 있다. 오이디푸스라는
이름은 '부풀어오른 발'이란 뜻으로, 그는 수수께끼를 풀고 한
도시를 위험에서 구해내지만 그것이 도시를 다시 새로운 위험에
빠뜨리게 될 것은 모르고 있었다. 그의 욕망은 알고자 하는 욕망
이었고, 질문에 답하고자 하는 욕망이었으며, 그리하여 그는 돌
아올 수 없는 곳까지 가고 말았다. 그는 징조와 기호 들을 무심히

넘기지 않았기 때문에 징조와 기호 들의 노예가 되고 만다. 또한 일어난 사건이나 전해지는 말의 의미를 파헤치기 위해 모든 것을 다시 문제 삼음으로써, 자신의 가장 내밀한 곳까지 내려가 끝내 자신이 어떤 인간이라는 것을 알게 된다.

오이디푸스는 죽음을 무릅쓰고 알고자 하는 욕망을 좇는다. 하지만 인간의 가장 본질적인 욕망인 호기심은 많은 신화와 기독교 성서가 보여주듯 신들의 눈에는 하나의 죄악이었고, 오이디푸스는 응징을 받고 만다. 모든 것에 의심과 호기심을 품고 사는 이 숙명적인 인간은 주위를 가득 채우고 있는 꿈과 말 그리고 이미지에 각별한 중요성을 부여했으며, 그로 인해 자신의 기원이 이미 이름 속에 각인되어 있었다는 사실을 알기에 이른다. 오이디푸스는 꿈이 현실의 반대가 아니라 바로 비극적인 현실의 일부라는 사실을 스스로의 체험으로 깨달은 최초의 인간이었다.

버려진 아이였던 오이디푸스는 스핑크스(혹은 여성형으로 스 팽주)가 낸 수수께끼를 풀고 테바이의 왕이 되지만 친부를 살해한 후 어머니와 몸을 섞고 만다. 하지만 자신이 어떤 짓을 했으며 누구인지 알게 되는 것은 훨씬 훗날의 일이다. 이 오이디푸스 이야기는 오랜 세월 동안 많은 사람에 의해 거론됐지만 아직도 여전히 우리의 마음을 사로잡는 야릇한 힘을 발산하고 있다. 그러므로 오이디푸스는 옛 전설이면서 동시에 현재의 이야기이기도 하다. 시간과 함께 역사 속에 묻혀버린 이야기가 아니라, 문명을 가

로질러 내려온 이야기이며 인간 모두에게 공통된 진실을 표현하고 우리 자신에 대한 인식의 한 중심을 차지하고 있는 이야기임에 틀림없는 것이다. 우리는 모두 라브다코스 가문의 오이디푸스처럼 쩔뚝거리는 인간인 것이다.

하지만 우리는 자신이 누구인지 알고 살아가는 것일까? 아니, 그 이전에 모든 위험을 무릅쓰고 우리가 누구인지 알아야만 하는 것일까? 우리가 누구인지, 혹은 어디로 가고 있는지에 대해 대충 눈감고 모른 척하며 사는 것이 훨씬 편하지 않을까? 그러나 진정 인간이 되기 위해서라면 우리는 알아야만 하지 않을까? 오이디푸스 이야기가 우리에게 던지는 이 모든 질문이 어쩌면 오이디푸스 그 자체보다 더 중요할지도 모른다.

우리는 이 책에서 오이디푸스 신화가 지나간 장소들을 살펴보고자 한다. 다시 말해 그리스의 오이디푸스가 있을 것이고, 이 그리스의 오이디푸스가 로마를 거쳐 고전주의시대 프랑스의 오이디푸스로 다시 태어났으며, 그 이후 미술과 문학을 거쳐 근대로, 그리고 마침내 정신분석이라는 이론에 힘입어 현대의 오이디푸스로 이어져 내려온 과정을 살펴볼 것이다. 오이디푸스는 그 자체로 이 모든 과정을 거치며 형성된 하나의 역사를 갖고 있다. 소포클레스의 〈오이디푸스 왕〉에서 세네카의 〈오이디푸스〉로 이어지는 과정에는 커다란 단절이 존재한다. 더 나아가 이 두 고대 비극이 17~18세기에 창작된 수많은 비극을 거쳐 19세기의 오이디푸스로 다시 태어나는 과정에서 또 거의 모든 것이 바뀌었다. 하지만 본질은 그대로 이어져 내려왔으므로 우선 고대 그리스와 로마의 극작가들이 오이디푸스라는 전설과 그 이미지를 어떻게 활용했는지, 그리고 나아가서 이 인물을 어떻게 무대에 올렸는지 살펴보아야 할 것이다. 그리고 현대의 오이디푸스를 살펴보기 전에 유럽의 17세기와 18세기에 이 인물이 어떻게 다루어졌는지도 살펴보아야 할 것이다.

　　따라서 오이디푸스가 '실제'로 존재했던 인물이었다거나 옛 제의에서 탄생한 인물이었다고 하는 사실은 그리 중요하지 않다. 중요한 것은 오이디푸스가 시대와 방식을 뛰어넘어 하나의 신화적·문학적 존재로 존재해왔다는 점이다. 프로이트의 오이디푸스든, 소포클레스, 코르네유Pierre Corneille, 엘리엇T. S. Eliot의 오이디푸스든 모든 오이디푸스는, 레비-스트로스Claude Lévi-Strauss가 〈구조인류학Anthropologie Structurale〉(플롱Plon, 1958, p. 242)에서 말했듯이 신화에 기원을 두고 있는 것이다. 따라서 이때부터 오이디푸스를 다룬 모든 작품은 동일하고도 특이한 하나의 신화에 대한 다양한 표현으로 간주해야 한다. 각 시대는 나름대로의 상황과 이데올로기를 갖고 있었고, 이것들은 오이디푸스를 표현하는 데 영향을 미쳤을 것이다. 하지만 신화는 하나였고, 따라서 모든 오이디푸스는 신화 그 자체로부터 해석되어야 하는 것이다. 시대에 따라 달라진 점들이 있지만 신화를 구성하는 결정적인 요소들은 그대로 존속하기 때문이다. 친부 살해, 근친상간,

양자 입양, 아버지가 세운 원칙의 파괴와 재건 등은 시대마다 달리 다루어졌지만 모든 오이디푸스의 원형인 소포클레스 이후 이 요소들은 한 번도 극에서 사라진 적이 없다. 이것은 오이디푸스 이야기와 이 이야기가 변천해온 역사를 구성하는 불변의 요소들이다.

극작가, 화가, 비평가 들은 모두 가치가 있는 것들을 반복해서 다루었을 뿐이다. 이들은 또 삶이 가능하기 위해서는 아버지에서 아들로 이어지는 가계의 원칙이 보존되어야만 한다는 사실도 다루었다. 이들은 각자가 살았던 시대에 그것이 어떻게 뿌리를 내렸는지 보여주면서, 동시에 가계의 원칙이 부정되었을 때 파생될 수 있는 위험들을 반복적으로 표현해냈다. 따라서 우리는 각각의 시대에 오이디푸스를 다룬 극작품, 회화, 평론 그리고 소설 등이 아버지가 세운 원칙과, 이 원칙이 신화화되고 사회화되는 과정에 대해 어떤 방식으로 질문을 던졌는지 이해해야 할 것이다. 이렇게 형성된 신화적 형태는 오이디푸스가 끝없이 이야기되었지만 위기는 그대로 남아 있다는 사실을 상징하는 것이며, 결국 이 세계의 비의는 그대로 남아 있다는 절망의 표현에 다름아니다.

오이디푸스를 다룬 모든 이는 의미를 만들어내기 위해 신화적 이미지들을 반복 사용하면서, 수많은 질문을 던졌고 갈등을 심화시켰으며 신화에 내재해 있는 위험들을 전달하려고 했다. 이렇게 해서 남은 것은 무엇이었던가. 그것은 가족 내에 잠재해 있는 언제 폭발할지 모르는 마그마에 대한 공포와 두려움이었다. 이 두려움은 전달과 표현이 불가능하다는 사실 앞에서 느끼는 두려움이기도 했다. 이것은 또한 인간과, 인간을 관계 지어주는 것에 대한 해답 없는 의문이기도 했다. 오이디푸스 이야기는 사회 구조와 인간 속에 뿌리내리고 있는 끔찍한 무질서를 헤아리고 있으며, 이 무질서를 드러내어 법을 만들려고 한다. 근친상간과 친부 살해의 공포 앞에서, 그리고 대혼란에 빠진 국가와 가정과 인간 앞에서, 오이디푸스를 다룬 각각의 작품은 무질서에 대한 욕망과 질서의 필요성을 동시에 표현하는 모순된 모습을 보여준다. 따라서 오이디푸스에 관한 이야기는 욕망과 법을 동시에 이야기할 수 있는 형식이며 모순 그 자체이다.

금지된 것이 발산하는 매혹이라는 것이 있다. 문학적 허구 역시 유사한 매혹을 발산한다. 즉 허구는 의미심장한 위반이 불러올 결과들을 보다 명백히 보고자 하는 욕망에 상상의 경우를 가정할 수 있도록 허락하는 것이다. 위반해서는 안 될 것을 위반 그 자체를 통해 보여주는 바로 이것에 문학적 작업의 본질이 존재한다. 이런 이유로 오이디푸스를 다룬 비극은 오이디푸스 신화를 다시 반복하게 되고, 죄인에 대한 응징과 추방을 통해 재확립된 법과 다시 평온을 되찾은 국가의 모습을 보여주는 것이다. 그러나 신화를 원용하면서 비극은 단지 같은 이야기를 되풀이한 것만이 아니라, 치유 불가능한 위기를 다시 불러냈고 아물지 않을 상처를 만들어놓았다. 친부 살해와 근친상간 그리고 인간 자체에 대한 깊은 의문이 극작품의 중요한 주제가 되고 공연의 핵심을 이룰 때, 연극은 개인, 가정, 법 그리고 국가를 그 근본에서부터 다시 한 번 의문시하기 때문이다.

오이디푸스 신화와 오이디푸스가 제기한 의문들은 20세기에 들어와 비극을 비롯한 다양해진 여러 장르를 만나면서 더 강한 생명력을 지니게 된다. 드라마, 희곡, 소설, 회화, 연극 등은 이미 고정되어버린 신화를 매번 처음부터 다시 파헤쳐야만 했다. 오이디푸스가 했던 본질적인 질문들은 오늘날에는 개인적인 차원에서 이루어지며 개인적인 모험을 의미할 뿐이다. 나아가 본질적인 질문들 역시 다른 테마와 뒤섞여 사라져버릴 위험에 처해 있다. 20세기 소설가인 장-폴 구Jean-Paul Goux가 들려주는 이야기는 이 점을 일깨워준다. 오이디푸스와 그 이미지 뒤에는 어찌할 수 없는 유혹과 인간관계의 다의성, 자기통제의 필요성이 자리 잡고 있다.

마지막으로 오이디푸스 신화는 20세기에 들어 좋든 싫든 정신분석과 함께 이야기될 수밖에 없다. 프로이트에게 오이디푸스는 삶의 어려움과 인간의 보편적 정체성에 대한 이론적 담론을 전개할 수 있게 해준 하나의 메타포였다. 만일 프로이트가 없었다면 오이디푸스는 사라졌을지도 모른다는 생각이 드는 것도 사실이다. 프로이트의 해석작업은 인간관에 심대한 변화를 초래했고, 이렇게 변화된 인간관은 동시대의 문학에도 영향을 미쳤다. 프로이트의 오이디푸스가 없다면 오이디푸스 신화도 존재하지 않는 상황이 도래한 것이다. 물론 '프로이트의 오이디푸스'는 20세기 내내 많은 변형을 거치면서 잘못 이해되기도 했고, 아류를 낳기도 했으며, 햄릿이나 테세우스 등 다른 문학적·신화적 인물들과 관련을 맺기도 했다. 소설에서도 현실에서도 어머니에 대한 사랑이나 가족 간의 증오 역시 '오이디푸스' 없이는 생각할 수 없게 되었다. 드라마도 마찬가지이며 문학비평도 예외가 아니다. 정신분석은 오이디푸스의 다양한 의미를 제한하고 빠져나올 수 없는 체계를 위해 봉사하는 누를 범하면서도, 무의식이라는 모자이크의 핵심에 오이디푸스를 위치시킴으로써 오이디푸스 신화가 갖고 있는 힘을 배가시켰던 것이다.

비극은 이제 무대가 아니라 상담실에서 일어나고 있으며 무대에서의 울부짖는 대사도 사라진 지 오래다. 따라서 대사 없이 골방에서 일어나는 이 비극은 거부할 필요도 없게 되었고, 연극과 의식의 새로운 형식으로 자리 잡게 되었다. 오이디푸스 신화와 이미지는 오늘날 '콤플렉스'가 정확히 무엇을 의미하는지도 모른 채 콤플렉스라는 이름으로 수많은 이에게 알려져 있다. 하지만 프로이트가 가정했던 대로 과연 이 콤플렉스라는 말은 어느 정도로 문화 전반에 파급되고 있는 것일까? 상호 모순된 해석과 오해 들이 계속되고, 신화를 현재에 그대로 적용하는 경우도 볼 수 있다. 오이디푸스 신화 혹은 오이디푸스 이야기는 여전히 재해석되고 있으며, 바로 이것이 끊임없이 변화하는 신화 고유의 힘일지도 모른다.

여러 미학적 해석을 함께 보아야 한다면, 정신분석이 제안하는 현대적인 해석을, 특히 개인을 위해 개인에 의해 행해지는 자아탐구의 미학을 오이디푸스를 논하는 자리에서 배제할 이유가 없을 것이다. 모든 사람이 오이디푸스인 이 현대에, 상담실의 긴 의자에 앉아 있는 주인공은 스스로 배우이자 극작가이며 자신의 연기를 구경하는 관객이기도 한 것이다. 사람들은 자신의 혈통과 세계와 자신의 관계를 스스로 분석하는 모험을 치르고 있다. 또한 모두들 가슴속에 사랑 이야기를 간직하고 있다. 쉼 없이 반복되는 오이디푸스, 끝없이 꿈꾸어지고 반복되면서도 금지되어 있는 욕망을 누구나 갖고 있는 것이다. 연극과 현실이 혼재된 이 상황은 소포클레스마저도 상상하지 못했으리라.

고대 그리스의 오이디푸스

수잔느 사이드 Suzanne Saïd

원하지도 않았고 알지도 못한 채 친부 살해와 근친상간이라는 죄
악 중의 죄악을 저지른 후 진실을 알게 되자 자신의 두 눈을 파내
버린 오이디푸스. 오이디푸스는 아리스토텔레스에게도 그랬지만
19세기 독자들에게도 소포클레스의 〈오이디푸스 왕〉에 등장하는
오이디푸스만을 의미하지는 않았다. 소포클레스의 오이디푸스는
그리스 문학 초기에 나타난 오이디푸스들 중 가장 널리 알려진
한 인물에 지나지 않았던 것이다.

〈일리아스〉를 보면 전쟁에서 죽은 오이디푸스를 기리기
위해 테바이에서 거행된 장례에 대한 간단한 묘사가 나온다. 따
라서 오이디푸스는 생명이 다할 때까지 테바이를 지배했었다. 이
점은 오이디푸스에 얽힌 전설을 보다 상세하게 다루고 있는 〈오

뒤쎄이아〉 제11장에서도 읽을 수 있다. 지옥에 들어간 오뒤쎄우스는 과거의 여인들 중에서 "오이디푸스의 어머니인 아름다운 이오카스테를 알아보았다. 이 여인은 사실을 전혀 모른 채 아들과 결혼하는 끔찍한 죄를 지었다. 아들은 아버지를 죽이고 어머니와 결혼을 한 것이다. 신들은 이 사실을 세상에 알렸고, 아들은 평생을 고통 속에서 괴로워하며 신들이 내린 가혹한 명령에 따라 아름다운 테바이를 통치해야만 했다. 어머니는 고통을 견디다 못해 목을 매어 목숨을 끊었고 하데스로 끌려오고 말았다. 업보를 물려받은 아들은 끝도 한도 없이 고통받아야만 했다".(〈오뒤쎄이아〉 277~280행) 헤시오도스의 〈여인열전〉에 나오는 단편적인 사실과 헤시오도스가 쓴 것으로 추정되는 〈방패〉의 한 문장도 오이디푸스가 테바이의 왕좌에서 죽음을 맞이했음을 명시하고 있다. 이후의 요약본이나 주석본의 인용 등을 통해서 단편적으로만 확인할 수 있는 장편 서사시들도 오이디푸스를 즐겨 다루었을 것으로 추정된다. 〈오이디푸스〉의 한 판본에는, 오이디푸스는 어머니가 자살을 한 후 에우뤼가네이아라는 여인과 재혼해 네 아이를 두었다는 사실을 언급하고 있다. 또한 서사시 〈테바이드〉는 오이디푸스가 아들을 저주해, 싸워 이기는 자가 유산을 독차지하도록 했다는 전혀 다른 사실을 전하기도 한다.

오이디푸스의 가문인 라브다코스 가문을 다룬 아이스퀼로스의 3부작은 오이디푸스의 비극적인 탄생에 대해 언급하고 있다. 하지만 불행하게도, 서로 싸우다 죽고 만 오이디푸스의 두 아들을 다룬 제3부 〈테바이 공격의 7장군〉만이 우리에게 전해지고 있다. 어쨌든 3부에서 마지막 대재앙 직전에 나오는 합창을 통해 3부작 전체는 물론이고 오이디푸스가 차지하고 있던 위치도 충분히 짐작할 수 있다. 오이디푸스는 3부작 중 제1부에서 다루어진 그의 아버지와, 제3부에서 이야기되는 그의 두 아들을 연결시켜주는 중간자 역할만을 하고 있었다. 그의 운명은 아버지 라이오스가 '오래전에 저지른 죄'의 결과였을 뿐 그 이상의 의미를 지니지 않았던 것이다. 선택을 한 것은 요컨대 라이오스였던 것이다. 라이오스는 그를 기다리고 있는 운명에 대해 세 번씩이나 아폴론 신으로부터 경고를 들었다. 즉 나라를 구하려면 더 이상 아이를 낳지 말라는 경고를 여러 번 들었던 것이다. 하지만 그는 신의 경고를 무시했다. 그 결과 아들의 손에 의해 죽음을 맞게 되었음은 물론이고 아들에게까지 화가 미쳐 "아들은 아버지를 죽인 패륜아가 되고 자신이 자라난 성스러운 밭(어머니)에 감히 씨를 뿌리고 피가 마르지 않는 뿌리를 내렸다". 어머니와의 관계에서 후사를 얻지 못했다는 서사시와 달리, 오이디푸스는 테바이 전체를 위험에 몰아넣게 되는 근친상간으로 얼룩진 끔찍한 자손들의 시조가 되고 만다. 아마도 광기 속에서 저질러졌을 이 근친상간으로 인해 오이디푸스의 운명은 완전히 역전되고 만다. 백성들의 존경을 한 몸에 받던 영웅이었고, 스핑크스를 물리침으로써 신들의 가호를 받기도 했던 오이디푸스는, 고통으로 몸부림치다 끝내

실성하고 만다. 그는 자신의 두 눈을 파내었다. 이 잔혹한 장면은 실제적인 의미와 비유적인 의미를 동시에 지니고 있다. 즉 오이디푸스는 실제로 자신의 두 눈을 파냄으로써 장님이 되었지만, 상징적으로 두 눈은 자신이 범한 죄악의 결과인 그의 두 아들을 의미하기도 한다. 오이디푸스는 이 두 아들을 볼 때마다 스스로 분을 이기지 못해 광분하곤 한다. 행복의 정점에서 불행의 깊은 나락으로 떨어진 오이디푸스의 운명은 보편적인 인간의 운명을 상징하는 한 예인 것이다. 하지만 오이디푸스의 운명은 가족과 가문이라는 테두리 안에서만 의미를 지닌다. 아이스퀼로스의 오이디푸스는 아버지에게서 손자로 이어져 내려가는 가문의 혈통 승계에 있어서 중간자 역할만을 수행할 뿐이다. 즉 오이디푸스는 라이오스의 저주를 두 아들인 에테오클레스와 폴뤼네이케스에게 전달하는 역할을 했고, 저주받은 한 가문을 멸함으로써 국가 전체의 안녕을 지키는 역할을 수행했던 것이다.

모든 것은 소포클레스의 비극 〈오이디푸스 왕〉에 와서 바뀌었다. 이때부터 가문 전체가 아니라 행복의 정점에서 불행의 나락으로 떨어진 한 개인의 역전된 운명이 문제가 된다. 가문 전체를 짓누르던 라이오스의 실수도 더 이상 문제되지 않는다. 아이스퀼로스와 달리 소포클레스는 신탁에 절대성을 부여함으로써 인간의 자유와 죄의식이 끼어들 여지를 허락하지 않았다. 이오카스테가 극 중에서 말하는 포이보스('phoibos'는 아폴론의 별명으로

'빛나는 자'라는 뜻—역주)의 신탁은 "라이오스의 운명은 이오카스테에게서 얻게 될 아들의 손에 죽을 운명"이라는 내용이었다. 이 예언은 오이디푸스를 포함한 아들 모두에게 해당되는 것이 아니다. 극의 중심에는 오직 오이디푸스만이 있을 뿐이다.

오이디푸스의 운명은 전혀 상반된 내용의 프롤로그와 에필로그의 대비가 일러주듯 인간의 불안한 행복을 나타내는 전형적인 예이다. 극이 시작될 때 오이디푸스는 제단 앞에 모여 그에게 하소연하는 수많은 군중에 둘러싸여 있다. 그는 "삶의 온갖 우여곡절과 신들의 변덕스러운 예언"을 이겨낼 '유일한 인간'이었다. 테바이 시민들은 도시 전체를 짓누르고 있는 페스트로부터 도시를 구해낼 인물을 기다리고 있었고, 오이디푸스가 바로 그 인물이었다. 그는 이미 테바이 시가 조공을 바쳐오던 스핑크스—끔찍한 예언가 스핑크스는 여성이었을 수도 있다—로부터 테바이 시를 구해낸 적이 있다. 하지만 극이 끝나갈 무렵 오이디푸스는 불행의 상징이 되고 만다. 누구도 만나길 꺼리는 더러운 장님이 되는 것이다. 그는 저주받은 자 중의 저주받은 자요, 끔찍한 재앙 그 자체였고, 신들이 가장 증오하는 인간이 되고 만 것이다. 그가 저지른 죄악은 죄를 지어 목을 맨 모든 인간이 저지른 죄악 중에서도 가장 극악한 것이었다. 옛날의 구원자가 이제는 가능한 한 빨리 제거하거나 추방해버려야 하는 공동체 최대의 수치가 된 것이다. 모든 이의 하소연을 받아주던 인간에서 새로운 왕 크레온에게 하소연을 하는 가엾은 인간이 되었고, 그의 명령에 복종해야만 했다. 합창대의 마지막 노래가 말해주듯, 인간 중의 인간으로서 아무도 풀지 못했던 수수께끼를 풀어낸 이가 이제 끔찍하고 가련한 신세가 되었다. 이로 인해 오이디푸스는 하나의 속담을 만들어낼 정도가 되었다. 즉 사람들은 어떤 사람이 행복했는지 불행했는지를 죽기 전에는 함부로 말해서는 안 된다는 말을 하곤 했던 것이다. 오이디푸스가 겪은 운명의 역전은 사냥꾼이 덫에 걸린 가엾은 짐승이 되고, 키를 쥐고 있던 뱃사공이 항구에 묶인 채 꼼짝 못하기도 하며, 또 의사가 환자가 되기도 하고, 노련한 계산가가 무일푼이 되기도 하는 등 여러 이미지를 통해 나타난다.

그렇다면 우리 역시 소포클레스의 〈오이디푸스 왕〉에서 전지전능한 신과 나약하기만 한 인간의 모습을 보며 흔히 말하듯, 이것을 운명의 비극으로 불러야 할지도 모른다. 하지만 문제는 그리 간단하지 않다. 무엇보다 먼저 소포클레스의 비극 속에 나타난 과거와 현재를 보다 엄밀하게 구분해보아야 할 것이다.

극의 줄거리 속에서 친부 살해와 근친상간은 과거의 일에 속한다. 극 중에서 오이디푸스와 이오카스테의 입을 통해 회고되는 이 과거의 일들은 신들이 정해놓은 운명을 벗어나려는 인간의 모든 노력은 헛된 것이라는 사실을 일러준다. 오이디푸스는 델포이 신전을 찾아가 자신의 기원에 얽힌 비밀을 풀고자 했다. 그러다 자신이 아버지를 죽이고, 자신을 낳아준 어머니의 침실에 들어가는 끔찍한 죄악을 저지를 운명을 타고났다는 사실을 알게 된다. 예언을 듣게 된 오이디푸스는 끔찍한 예언을 피해 그런 일들이 일어날 수 없는 곳을 찾아 몸을 피한다. 하지만 오이디푸스는 예언을 피해 도망가는 도중 네 거리에서 라이오스를 만나 그와 수행원들을 죽이고 만다. 오이디푸스의 이야기는 한 인간을 위대하게 만들어주는 덕마저도 인간을 불행하게 할 수 있다는 사실을 일러준다. 오이디푸스는 자신의 힘으로 스핑크스가 낸 수수께끼를 풀었다. 하지만 그가 거둔 성공은 그가 겪게 될 불행의 전조였다. 테바이의 옥좌에 앉게 되었지만 그것은 동시에 이오카스테의 손을 잡는 것이기도 했고, 근친상간이 시작되는 출발점이기도 했던 것이다.

그러나 〈오이디푸스 왕〉은 친부 살해나 근친상간의 장면을 무대 위에서 보여주지는 않는다. 중요한 사건들이 일어나고 상당한 시간이 흐른 이후 전개되는 비극은 죄악 자체보다는 죄를 깨달아가는 과정에 초점이 맞추어져 있다. 그래서 흔히들 〈오이디푸스 왕〉을 두고 인간의 지성과 함께 그 한계를 이야기하는 자아탐구의 극이라고 불렀던 것이다.

극에서 인간은 자신의 지적 능력을 통해 진실에 도달하지만 그것은 처음부터 신이나 신의 대리인에게 의존함으로써만 가능할 뿐이다. 오이디푸스는 페스트를 물리치기 위한 온갖 방안 마련에 고심한다. 하지만 결국 처남 크레온을 포이보스에게 보내 자문을 구하는 방법을 택한다. 신이 오이디푸스에게 라이오스를 살해한 자를 추방함으로써 나라를 더럽히는 오욕을 씻어내라고 일러주었을 때도 마찬가지이다. 이때에도 오이디푸스는 사실을 까맣게 모른 채 그 즉시 아폴론에 버금가는 혜안을 지닌 테이레시아스에게 두 사신을 파견해 자문을 구한다.

　라이오스를 살해한 범인을 찾는 탐색작업은 희미한 단서만 있었을 뿐이다. 하지만 이 단서마저도 곧 사실이 아닌 것으로 판명됨으로써 지극히 어려운 작업이 되고 만다(이 단서란 라이오스가 한 개인에 의해 살해된 것이 아니라 일군의 병사에 의해 살해되었다는 것을 말한다). 이러한 탐색작업에서 모든 결정적인 정보는 오이디푸스가 애써 찾으려고 할 때에는 결코 발견되지 않는다. 우연히 찾게 되는 것이다. 즉 오이디푸스는 이오카스테가 신탁의 예언에 괴로워하는 그를 안심시키기 위해 라이오스에 얽힌 이야기를 할 때 라이오스가 네 거리에서 살해되었다는 사실을 우연히 알게 된다. 이때부터 오이디푸스는 자신이 바로 그 살해범일지도 모른다는 의심을 하기 시작한다.

　자신의 기원에 대한 탐색에 대해서도 사정은 별로 다르지 않다. 그가 이 문제로 델포이 신전을 찾았을 때 신은 그에게 아무것도 일러주지 않는다. 극의 435절에서 436절의 테이레시아스가 지나가면서 하는 다음과 같은 말에서 오이디푸스는 자신의 기원에 대한 의문을 풀게 된다. "그대의 눈에는 내가 어리석은 자로 보이겠지만, 자네 부모님의 눈에는 내가 현자로 보였을 것일세." 이번에도 오이디푸스는 진실을 우연히 알게 된 것이다. 오이디푸스는 자신이 폴뤼보스와 메로페의 친아들이 아니라 양자였다는 사실 또한 폴뤼보스의 죽음을 그에게 알리기 위해 코린토스에서 찾아온 사자의 입을 통해 우연히 알게 된다. 이 사자는 코린토스로 돌아가길 꺼리고 있는 오이디푸스를 안심시키기 위해 폴뤼보스는 죽었고, 이제 오직 부인인 메로페만 살아 있다는 이야기를 전해주는데, 오이디푸스는 이때 우연히 진실을 알게 되는 것이다.

오이디푸스의 두 가지 탐색을 끝내는 마지막 해결책 역시 예기치 않게 찾아온다. 라이오스를 수행했던 무리 중 생존자가 한 사람 있었는데, 이 생존자는 오이디푸스에게 라이오스는 한 사람이 아니라 무리에 의해 살해당했다고 이야기한다. 그러나 이 생존자는 바로 오이디푸스를 코린토스에 데려간 자이기도 했고, 따라서 오이디푸스의 탄생을 잘 알고 있는 자이기도 했다. 실제로 그가 도착하자 오이디푸스는 라이오스를 살해한 자에 대해 질문을 하는 대신 자신의 기원에 대해 모든 것을 밝히라고 윽박지른다.

물론 이 모든 과정을 주도하는 자는 오이디푸스 자신이다. 오이디푸스에게는 오직 죄인의 얼굴을 밝히고야 말겠다는 굳은 의지만이 있었다. 그는 그것을 자신의 의무로 받아들였고, 자신이 그럴 만한 능력이 있다고 믿었으며, 또한 자신의 판단력을 신뢰했다. 그 누구도, 그 어느 것도 그로 하여금 끝까지 탐색하도록 강요하지 않았다. 그리고 그는 원했던 대로 마침내 나라 전체를 구해낸다. 이런 의미에서 녹스B. Knox가 적절히 지적했듯 그는 영웅적 인물임에 틀림없다. 언제든지 거짓에 근거한 삶을 수

고대 그리스의 오이디푸스 **27**

용할 태세가 되어 있었고, 그래서 진실을 찾아 나선 오이디푸스를 필사적으로 만류하려고 했던 이오카스테와는 전혀 다른 인물이었던 것이다.

바로 이런 이유로 인해 오이디푸스를 한 인간의 불행을 보여주는 비극으로만 볼 수 없는 것이다. 다시 말해 오이디푸스는 인간의 위대함을 보여주는 비극이기도 한 것이다. 인간은 확실히 이 세계가 주문하는 대로 살 수는 없다. 의지와 행동 사이에는 늘 깊은 괴리가 있게 마련이다. 사람은 원하는 것을 하지 못하고 원치 않았던 것을 하며 사는 경우가 많다. 그러나 오이디푸스는 장님이 되고 가혹한 운명에 짓눌려 심신이 피폐해졌어도, 병도 그 어떤 재앙도 자신을 파멸시킬 수 없다는 것을 잘 알고 있었다.

책임의 문제에 대해서도 소포클레스는 역시 모호하게 답을 할 뿐이다. 〈오이디푸스 왕〉 말미에 가서 주인공은 스스로 가장 무거운 형벌을 택한다. 테바이와 사람으로부터 멀리 떨어진 키타이론 산속에 칩거하는 것이다. 그는 자신이 저지른 극악한 죄악에 걸맞은 형벌을 원하고, 그것를 통해 스스로를 정죄하며 죽음을 요구한다. 행동의 결과만이 중요할 뿐 죄를 지은 인간의 의도는 중요하지 않다. 극에서는 신들이 만들어놓은 인과율과 인간적인 인과율은 구분되지 않는다. 오이디푸스는 죄를 저지른 것이 아니라 죄를 뒤집어쓴 것이었지만 이런 구분은 전혀 중요하지 않다. 실제로 소포클레스는 극에서 오이디푸스의 죄의식을 다루려고 하지 않았다. 그의 관심은 오직 인간으로서 저질러서는 안

될 죄를 지은 인간의 불행에 있었던 것이다. 바로 이런 이유로 해서 소포클레스는 극의 대단원에서, 인간이 저지른 악과 그로 인해 인간이 받게 되는 고통을 동등하게 다루게 된다. 오이디푸스 역시 실수라는 말을 단 한 번도 하지 않는다.

〈오이디푸스 왕〉을 한 인간의 불행을 다룬 작품으로만 볼 수는 없다. 〈테바이 공격의 7장군〉에서처럼, 이 비극에서도 한 공동체의 운명이 백척간두에 놓여 있었던 것이다. 물론 아이스퀼로스와 소포클레스는 서로 강조하는 것이 달랐다. 아이스퀼로스에게는 테바이의 안녕이 중요했고, 따라서 오이디푸스의 두 아들이 죽었어도 별 문제될 것이 없었다. 하지만 소포클레스는 달랐다. 그에게 공동체의 안녕이란 오직 개인의 불행이라는 대가를 치러야만 얻을 수 있는 것이었다.

에우리피데스가 〈페니키아의 여인〉에서 테바이의 전설을 취해 오이디푸스의 두 아들을 서로 싸우게 했을 때, 작가는 이야기를 보다 넓은 구도 속에서 다루게 된다. 즉 주인공의 개인적인 불행은 단지 라이오스만이 아니라 그의 먼 조상인 테바이의 전설적 창시자 카드모스까지 거슬러 올라가며, 프롤로그에서 암시하듯 그의 두 아들 이야기도 함께 다루게 된다. 하지만 에우리피데스는 오이디푸스를 끌어들이기 위해 신화의 시간관계를 전복시킨다. 즉 에우리피데스의 오이디푸스는 소포클레스의 〈오이디푸스 왕〉 마지막 부분에 나오는 궁에 갇힌 오이디푸스로만 등장한다. 하지만 이런 결정을 내린 사람은 크레온이 아니다. 아버지를 궁에 가둠으로써 도저히 받아들일 수 없는 운명을 망각의 늪으로 던져버릴 수 있다고 믿었던 그의 아들들이 내린 결정이었다. 한 인간이 짊어지기에는 너무나도 가혹한 운명에 짓눌려 있으면서 오이디푸스가 그의 아들들을 향해 저주를 내리는 것도 바로 이런 이유에서다. 극이 끝날 무렵, 오이디푸스는 아들들이 다 죽고 또 이오카스테가 자살로 숨을 거둔 후에도 홀로 살아남아, 오빠와 어머니의 시신을 궁으로 수습해 들인 안티고네의 목소리를 듣고 빛 속에 모습을 나타낸다. 이때 관객들이 발견하게 되는 것은 인간이 아니라 인간의 그림자, 즉 다시 말해 지옥에서 살아 돌아와 거친 숨을 내쉬는 백발의 유령이다. 그는 신과 악령과 복수의 화신이라는, 혹은 운명이라는 초자연적인 힘의 희생자인 것이다. 새로운 지도자가 된 크레온에 의해 추방된 오이디푸스는 자신의 뜻과는 반대로 안티고네의 인도를 받으며 콜로노스의 성스러운 땅이자 전사의 거처였던 테바이를 떠나게 된다.

오이디푸스와 안티고네의 이야기는 소포클레스의 마지막 작품인 〈콜로노스의 오이디푸스〉에서 만날 수 있다. 언뜻 보아 이 작품의 오이디푸스는 〈페니키아의 여인〉에 등장하는 늙은 거지가 된 오이디푸스와 동일한 것처럼 보인다. 하지만 운명의 노리개가 된 에우리피데스의 오이디푸스와 모든 것을 견뎌낸 인내와 기개를 자랑하는 오이디푸스 사이에는 분명 거리가 있다. 저주라는 테마가 변모해가는 과정을 살펴보면 이를 쉽게 확인할 수 있다. 〈페니키아의 여인〉에서 불경한 저주는 사악한 신의 사주를 받아 이성을 잃은 채 행동하는 인간의 입에서 쏟아져 나온다. 하지만 소포클레스의 〈오이디푸스 왕〉에서 저주는 한 영웅의 것이다. 즉 〈오이디푸스〉의 저주는 그를 반기는 자에게는 축복을 내릴 수 있고, "그를 쫓아낸 자들에게는 저주를 내릴 수 있는" 이성적인 영웅의 저주인 것이다. 〈콜로노스의 오이디푸스〉와 〈오이디푸스 왕〉의 차이 역시 분명하다. 테바이 시민들의 간청에 의해 왕위에 오른 자신만만한 왕, 그러나 테이레시아스와의 만남을 통해 여실히 드러나듯 자신의 운명을 모르고 있는 왕이 한쪽에 있다면, 다른 쪽에는 눈이 먼 이유로 오히려 마음을 더 잘 읽을 수 있게 되어, 신탁을 꿰뚫어보고 자신이 무서운 여신들이 거하는 성소에서 생을 마감하리라는 것을 알고 있는 한 방랑자가 등장한다. 영광의 정점에서 불행의 나락으로 굴러 떨어지는 왕과 무능한 상태에서 다시 권위를 되찾는 자 사이에는 많은 차이가 있는 것이다. 그리고 마지막으로, 오이디푸스의 책임에 관련된 문제에서도 차이가 확연하다. 〈콜로노스의 오이디푸스〉에서 소포클레스는 주인공의 실수가 의도적이 아니었다는 점을 부각시켰다. 라이오스를 살해한 것은 정당방위였다. 오이디푸스는 공격에 대해 반격을 했을 뿐이다. '모르고 행해진' 그의 근친상간도 얼마든지 정상 참작할 만한 일이다. 테바이 시민들이 그에게 아내로 준 여인이 자신의 어머니라는 사실을 그는 꿈에도 몰랐기 때문이다. 그래서 이 두 끔찍한 죄악을 도저히 자신이 저질렀다고 믿을 수 없었던 오이디푸스는 그 두 죄악을 자신에게 닥친 불행으로 받아들일 수밖에 없었다.

　　이상에서 간략하게 살펴본 대로 오이디푸스는 결코 통일성 있는 단일한 인물이 아니다. 후일 17세기 프랑스에 와서 코르네유와 볼테르가 그랬듯, 많은 작가가 오이디푸스를 각자의 시대가 요구하는 사실성과 비극의 규칙에 맞추어 변형시켜 왔다. 장 콕토는 오이디푸스를 인간적인 모든 것을 으깨어 부수는 〈지옥의 기계La Machine infernale〉로 만들었다. 하지만 여전히 많은 작가가 고대 그리스의 3대 비극작가가 닦아놓은 길을 따랐다.

오이디푸스의 정치적 의미:
그리스 민주주의에서 프랑스 왕정까지

크리스티앙 비에CHRISTIAN BIET

비극은 공연의 측면에서나 극이 전달하는 관념에 있어 많은 부분 법과 유사하다. 실제로 비극은 포상이 주어지는 경기였고 하나의 의식으로 인식되었지만, 동시에 국가 개념과 시민권에 관련된 중요한 법 이론들이 서로 부딪치는 장소이기도 했다.

소포클레스의 〈오이디푸스 왕〉이 서구 문화가 낳은 중요한 극작품이라는 것은 틀림없는 사실이다. 그래서 우리는 흔히 이 작품을 오이디푸스 신화의 완결판으로, 나아가서는 정신분석이 만들어낸 현대적 이론의 유일한 출처로 간주해왔다. 하지만 소포클레스와 프로이트에 지나치게 눈을 고정시킨 나머지 프랑스 고전주의시대 작가들 역시 이 작품과 줄거리를 미학적·이데올로기적 시각에서 심각하게 다루었다는 사실이 간과되어 왔다. 오이디푸스에만 관심을 기울였을 뿐, 누구도 작품의 제목에 나타난 '왕'이라는 말을 주의 깊게 보지 않았던 것이다. 고전주의시대 때 이 비극이 큰 반향을 불러일으켰다면, 그것은 오이디푸스 때문이 아니라 오히려 왕이라는 단어와 이 단어가 함축하고 있는 정치적 의미 때문이었다. 이런 이유로 17~18세기 프랑스 극작가들은 오이디푸스를 읽고 또 읽었으며, 각각의 시대에 맞는 표현을 통해 계속 무대에 올렸던 것이다.

17~18세기 프랑스에서는 비록 연극 속에서일지라도 왕을 왕으로 만들어주는 규범들을 따라야만 했다. 이 규범들은 고대 그리스의 극이므로 우선은 고대의 것들이다. 하지만 공연 시기를 고려할 때 이 고대의 규범 속에는 17~18세기 프랑스의 규범들이 함께 암시될 수밖에 없었다. 오이디푸스는 우선은 왕이었고, 극이 공연되던 프랑스 고전주의시대에는 절대왕정의 군주를 의미했다. 고대 그리스의 왕과 프랑스 절대왕정의 군주 사이에는 많은 차이점이 존재했고, 또 고대의 신화적 도시와 절대왕정의 파리 역시 전혀 다른 공간이지만, 무엇보다 극이 신화에 기반을 두고 있다는 사실로 인해 극작가들은 제왕에 대한 보다 위험하고, 때론 격렬하기조차 한 이론들을 극에서 펼칠 수 있었다. 극 속의 도시 테바이는 비난이 난무하는 퇴폐한 도시로, 구원해내야만 하는 파리를 뜻하는 것으로 볼 수 있다. 절대왕정 역시 위험에 처해 있었다. 하지만 그렇다고 왕정을 무너뜨릴 수는 없었다. 고작 비난하는 것이 전부였다. 그래서 오이디푸스의 '경우'는 필

연적으로 권력 행사의 기초가 되는 통치이론들과 관련된 문제들을 다루게 되었다. 절대왕정하에서 왕이 된다는 것은 곧 아버지가 되는 것을 뜻했다. 이 사실과 함께 아버지가 된다는 것이 상징적으로 무엇을 의미하는지를 이해한다면, 우리는 신-왕-아버지로 이어지는 연결관계를 이해할 수 있게 되고, 바로 앙시앙 레짐 Ancien Régime, 즉 절대왕정의 구체제가 이 연결관계에 의존해 있다는 사실을 알게 된다. 오이디푸스의 이야기가 위험과 흥미를 동시에 지닌 자극적인 극이 되는 것은, 바로 신-왕-아버지로 이어지는 연결관계에 기초해 있는 국가권력을 전체적으로 문제 삼기 때문인 것이다.

어떤 그리스 극작품도 〈오이디푸스 왕〉만큼 프랑스 17~18세기에 자주 번역되고 각색된 적이 없다. 프레보Prévost의 〈오이디푸스〉가 공연된 1614년부터 마리 조제프 셰니에의 〈오이디푸스 왕〉이 사후 출판된 해인 1818년까지, 오이디푸스에 관련된 30여 편의 극작품이 쓰여졌고, 6편이 번역되었다. 이 텍스트 중 1718년에 공연된 볼테르의 〈오이디푸스〉만이 오늘날 어렴풋이 우리의 기억에 남아 있다. 이 작품은 미래의 철학자를 진정한 드라마 작가 반열에 올려주었던 작품이기도 하다. 코르네유의 〈오이디푸스〉(1659)와 라신Racine의 〈테바이드〉(1664)도 떠올릴 수 있겠지만, 이 거장들은 스스로 이 작품들을 위대한 비극이 아닌 부차적인 작품으로 생각했다. 그렇다면 탈레-망Talle-mant, 폴라르Folard, 우다르Houdar, 라 모트La Motte, 라 투르넬La Tou-

rnelle, 뒤시Ducis, 로라게Lauraguais 등의 〈오이디푸스〉에 대해서
는 오래전부터 어떤 연극 상연 목록에도 오르지 않은 작품들이라
는 사실 이외에 무엇을 말할 수 있겠는가? 그럼에도 불구하고 이
모든 텍스트는 논쟁의 대상이 되었다. 저자의 태도와 마찬가지로
해석자들이 다양한 태도 역시 〈오이디푸스 왕〉이라는 모델을 통
해 고대 드라마의 의미에 대한 다양한 해석을 내릴 수 있는 동기
를 제공했던 것이다.

　　정치, 종교, 철학, 미학이 서로 교차하는 이 작품은 그 모
든 것의 근원에 자리 잡고 있는 신화를 어떻게 표현할 것인가 하
는 연출의 문제에 봉착하게 된다. 신화를 어떻게 활용할 것인가
의 문제, 도덕적 과오라고 하는 중대한 윤리적 문제, 그리고 근친
상간이라는 영원한 터부와 부왕권父王權에 대한 반발 등은 모두
오이디푸스 왕의 이야기가 제기하는 중요한 문제들이다. 오이디
푸스 전설의 핵심적인 스토리로서 얼굴 역할을 하고 있는 육체적
·정신적·맹목적 상태는 모든 내용이 향하는 하나의 구심점이다.
따라서 빛과 어둠의 정신적 메타포에 매혹된 뤼미에르의 세기le
siécle des Lumiéres, 즉 빛의 세기인 계몽주의시대는 오이디푸스
가 아무것도 모른 채 죄를 짓고 만 어둠의 세계에서 자신이 저지
른 죄악을 하나씩 알아가면서 드러내는 안타까운 난폭함과 깨달
음에 대해 질문을 던지리라. 이 교훈은 오이디푸스 개인에 대해
서만이 아니라 극이 각색될 때마다 영웅, 그리스도, 왕, 아버지에
대해 복합적인 성격을 지니고 있다. 따라서 교훈은 언제나 같은

것이 아니라 상호 모순된 것일 수밖에 없다. 이 모순된 메시지를 전달하는 〈오이디푸스 왕〉의 여러 각색본은 원본의 내용이 반복되고 수정되고 또 첨가됨에 따라 비극의 기능과 수용에 다양한 가치를 부여한다. 따라서 비극은 원래의 비극을 벗어나 보다 넓은 하나의 세계를 형성하게 된다. 이 시기에 오이디푸스를 주인공으로 한 수많은 작품은 고전주의시대에 행해진 여러 해석을 고려할 때 어떤 작중 인물 혹은 인간의 이야기만이 아니라 자기 운명과 싸우는 인간 모두의 일반적인 이야기 그 이상의 것이었다. 무엇보다 구체제 사회에 내재한 정치적 승계와 한 왕족의 가계家系에 대해 이야기하고 있는 것이다. 무대에서 움직이고 싸우고 괴로워하며 또 몸부림치는 것은, 정통성을 잃어가는 구성원들 하나하나의 방탕으로 와해되어가는 한 사회 전체였다.

17세기 오이디푸스의 모습과 왕: 군주를 살해하고 근친상간한 왕을 어떻게 정당화할 수 있는가

오이디푸스를 이야기할 때 가장 먼저 떠오르는 공간은 연극, 즉 무대. 이 공간은 테바이와 파리를 연상시킬 것이며, 소포클레스와 아리스토텔레스 역시 기억의 한켠에 여전히 자리 잡게 할 것이다. 기억은 전설과 신화를 따라갈 것이며 오이디푸스와 그의 가족의 불행한 이야기를 떠올릴 것이다. 그러나 누구나 떠올릴 수 있는 이러한 자연스러운 기억들만이 아니라 이 기억들을 떠올리는 순간 통치권과 민법을 포함해 모든 종류의 법이 집행되는 장소 역시 떠오를 것이다. 다시 말해 다른 모든 법을 만들어내는 왕가의 족보와 왕족들의 축일 계산법(왜냐하면 오이디푸스 이야기는 근친상간의 이야기이므로)이 떠오를 것이고, 마지막으로 가장 중요한 요소인 전복된 왕가의 구조가 떠오를 것이다.

　17세기 작가들에게 오이디푸스란 인물은 아버지이고 왕이다. 또한 권위가 실추되거나 이의 제기를 받았음에도 불구하고 정통성을 고집하는 한 왕가의 중심에 자리 잡고 있는 인물이다. 그는 가족, 정치세계, 공적인 시민세계를 구성하는 인물이다. 하지만 무엇보다 그가 이러한 세계 속에 존재할 수 있었던 것은 신의 가호가 있었기 때문이다. 그는 왕권 및 부권을 대표하는 자로서, 구체제가 가족, 국가, 종교에 대해 제기한 문제들뿐 아니라, 이 문제들을 조정할 수 있다고 여겨진 법에 관련된 문제들도 상징한다. 어쨌든 그는 왕의 아들이기 때문에 적자이며, 스핑크스를 물리치고 도시를 구했기 때문에 정통성을 지닐 수 있었다. 하지만 도시에 다시 재앙이 찾아오자 정통성에 관련된 두 가지 모순에 직면하게 된다. 그는 왕의 아들로서 계승자이지만 동시에 아버지를 죽인 정복자이기도 한 것이다. 결코 고의적으로 행한 일은 아니었지만. 자신의 비극적인 가족사 때문에 아버지와 왕의 위치를 빼앗긴 그는 최후의 노력을 기울여 자신이 저지른 죄악을 찾아 나서고, 그럼으로써 자신의 정체성을 찾아내기에 이른다. 따라서 그 시대 작가들이 연출한 것은 일종의 재판이다. 이 재판은 왕이 자기 자신에게 제기한 재판이었으며, 동시에 비극이 비극의 기능에 대해 제기한 재판이기도 했다.

첫 번째 의문은 자연히 세습 왕정의 정통성과 시역弑逆 군주가 권력을 쥘 수 있는 가능성에 관한 것이다. 하지만 17세기에 들어와 왕권이 강화됨에 따라 극작품들은 플롯을 변경하지 않을 수 없었고, 작품의 도입부에 나오는 위기를 내버려둘 수 없었다. 1614년의 국가체제가 권력의 영속성이 의심받을 정도로 불안했다면, 1659년에는 모든 상황이 희망을 품을 수 있을 만큼 변해 있었다. 허울만 있었을 뿐 안으로는 황폐한 세계였던 것이 이제 신이 보장하는 안정된 세계로 변한 것이다. 이 세계란 다시 말해 반종교개혁Contre-Réforme을 지지하는 자들과 절대왕정에 근거를 제공한 이론가들이 마련한 세계였고, 신과 자연이 공인한 왕이 지배하는 세계였으며, 1659년 코르네유가 장차 새로운 절대군주가 될 루이 14세라는 인물을 통해 제안하고자 했던 세계이기도 했다.

코르네유는 절대왕정이 형성되는 과정을 완만하게 전개하면서, 왕정이 실현 가능하고 덕치를 구현할 수 있는 정치체제임을 묘사했다. 죄인이자 타락하도록 낙인 찍힌 인간이었던 오이디푸스는, 소포클레스의 비극에서는 스스로 죄를 받아들임으로써 죄인이 되지만, 코르네유의 극에 와서는 다른 모습을 보인다. 다시 말해 그는 자신이 죄인이라는 것을 받아들이지 못하는 것이다. 그는 많은 다른 사람을 위해 그렇게 한 것이었고, 이러한 그의 행동은 마침내 신의 용서를 받는다. 자신을 희생제물로 내어 줌으로써 구원에 이르고 도시 전체를 구하지만, 어쨌든 그는 자신의 왕국을 떠나야만 한다. 권력을 잡는 것은 아테네의 왕이자 합리적인 왕의 미래상이기도 한 테세우스이다. 왕의 정통성을 재정립시킬 수 있는 모든 가능성을 지닌 인물로 테세우스가 등장하는 것이다. 코르네유의 작품에서는 신들로부터 버림받았다고 생각했던 왕이 신과 전혀 다른 관계를 맺게 된다. 다시 말해 희생을 통한 속죄와 구원이 그에게는 허락되었으며, 신성한 신의 권능을 존중했기 때문에 정통성을 되찾게 된다. 오이디푸스는 이렇게 해서 희생을 통한 속죄양의 위치까지 올라가게 되고, 인간 중의 인간으로 정통성을 회복하는 것이다. 반면 테세우스는 지극히 인간적인 차원의 왕으로 등장한다. 그래서 그의 정통성은 그것의 근거로 신적인 것이 아니라 인간적인 것을 택하게 된다. 코르네유는 이렇게 해서 왕의 임무를 신하들에게 희망을 줄 수 있는 모범적인 것으로 재정립시켜놓았다. 하지만 과연 국가는 정당한 왕을 가질 수 있었을까?

반면 라신의 〈테바이드〉는 화해도, 신의 섭리를 따르는 인간도 제시하지 않는다. 그의 계획은 보장할 수 없는 것을 비극의 무대에서 무너뜨리는 것이다. 신, 왕, 아버지는 호소를 저버리고, 적인 아들들은 믿을 만한 법도 없이 싸우는 것 이외에 다른 방도가 없다. 이 작품에서 문제가 되는 것은 친부 살해나 근친상간이 아니며 또 군주에 대한 옹호도 아니다. 이 작품에서 진정으로 문제가 되는 것은 증오, 즉 각종 제도로 이루어진 한 세계 속으로 어떻게 파괴적인 정념들이 틈입하는지를 보여주는 것이다. 다른 작가들은 규범들을 다시 세우고 법칙들을 재확인하는 데 전력을 쏟는 것처럼 보이는 반면, 라신은 비극의 무대를 자아와 가족, 정치가 예측 불가능한 상태에서 불연속적으로 충돌하는 위기의 공간으로 변모시켜놓는다. 17세기는 오이디푸스 신화를 안정된 세계로 다룰 수 없었던 그런 시대이다. 그래서 당시 쓰여진 텍스트들에서는 권력의 부정적 모습이 모든 것을 황폐화시키게 된다. 영원한 두려움의 대상이었던 폭정이야말로 당시 비극 작품의 진정한 주제였던 것이다. 그러나 이 작품들은 왕의 위치를 통치권이라는 법률과의 관계에서 살펴보면서 아버지의 역할 또한 검토하지 않을 수 없게 되는데, 이는 그만큼 이 두 위치가 서로 밀접한 관계를 갖고 있기 때문이다. 친부 살해는 이중의 의미(즉 아버지와 군주를 살해한다는 의미)를 갖고 있다. 보다 정확히 말해 어느한쪽만을 의미하는 것이 아니라 두 심급Instance psychique(인간의 심적 장치를 구성하는 비교적 독립된 각 부분과, 그 부분의 기능을 지칭하기 위해 정신분석에서 사용하는 단위들. 가령 무의식, 전의식도 하나의 심급이며, 초자아, 자아, 검열도 심급이다—역주), 즉 의식과 무의식이라는 두 가지 심리적 죄악이 만나는 접점에 위치해 있다고 볼 수 있다. 아버지의 임무든 왕의 임무든 양자 모두 가족과 국가에 동시에 관련되어 있는 것이다. 그렇기에 왕과 아버지의 관계를 문제 삼는다는 것은 곧 국가와 가족의 관계를 문제 삼는 것을 의미했고, 그 반대도 마찬가지였다.

18세기의 오이디푸스: 과오에 대한 질문

기독교 문화권의 대다수 독자에게 오이디푸스 이야기는 심각한
문제를 제기한다. 즉 왜 무죄인 것 같은 사람이 유죄로 인정되어
잔인하게 처벌을 받는가, 하는 문제가 제기되는 것이다. 그리스
비극에서는 줄거리가 전개되면서 신과 오이디푸스에게 동시에
죄를 묻게 되었으며, 이 두 인과관계는 여러 단계에서 서로 연결
되어 있다. 그리스인들에게 문제시되는 것은 무죄가 아니라 테바
이의 왕이 처해 있었던 무지, 그 자체였다. 반대로, 죄의 문제를
정면으로 다루는 〈콜로노스의 오이디푸스〉에서 오이디푸스는 신
들의 저주로 인해 자신이 원치 않았던 과오를 범했다고 답한다.
다른 측면에서 보면 이 작품에서 오이디푸스는 신들로 인해 죄를
지었지만, 신들을 비난하지 않고 자신에게 주어진 불행을 감내했
다고 볼 수도 있다. 그런데 이런 식의 논리는 18세기 독자들에게
는 이해하기 힘든 것이었다. 우선, 18세기 독자들은 수미일관된
스토리를 원했다. 다시 말해 〈오이디푸스 왕〉의 속편인 〈콜로노
스의 오이디푸스〉에서 독자들은 제기된 모든 문제를 하나로 묶어
서 이해하길 원했던 것이다. 그러나 독자들은 그의 관심사와 믿
음을 충족시켜주는, 한마디로 말해 가장 사실에 가까운 이야기를
선택하기에 이른다. 선택은 분명 〈콜로노스의 오이디푸스〉에서

전개되는 이야기였다. 게다가 독자들은 오이디푸스의 과오에 대한 책임을 오이디푸스 외의 다른 사람들에게서 찾아냄으로써 소포클레스가 극에서 제시한 대답을 보충한다. 책임을 질 만한 자들 중에 신들이 제일선에 있다. 따라서 〈오이디푸스 왕〉에 대한 해석이 뒤집힌 셈이다. 이런 새로운 관점에서 보면 오이디푸스는 유죄든 무죄든 처벌을 받을 수밖에 없지만, 그래도 그의 유죄 여부를 가리는 것이 중요한 일이 된다. 그렇지 않다면, 선하고 공정한 신에 대한 믿음이 사라져 독자들은 불안에 떨 수 밖에 없었을 것이다. 오이디푸스의 죄는 원칙적으로는 비극 안에서만 존재하는 죄이거나, 옛 그리스의 도시들인 달리아나 코린토스 혹은 그밖의 다른 장소에서 존재한 죄여야만 했다.

18세기의 반응은 따라서 격렬할 수밖에 없었다. 번역자들의 첫 번째 논리는 과오가 없었다는 주장을 비난하는 것이었고, 나아가 잘못이 없었다는 이런 식의 이야기는 '우리의' 종교적 관점에서 볼 때 '우리' 시대에서는 생각할 수조차 없다는 것이었다. 그러나 이런 식의 비논리적인 해석으로 난처하게 된 번역자들은 자신들이 행했던 논증을 재검토하며, 비극의 근원적인 과오를 다른 곳에서 찾는다. 예를 들어, 브뤼므와Brumoy는 교만, 분노, 신들에 대한 경멸과 같은 부차적인 실수들을 부각시켰으며, 이 과오들이 군주 살해와 근친상간 후에 일어났다고 할지라도 그것들은 비난받아 마땅한 것으로 간주했다. 그는 면밀하고 논리적인 방식으로 이 과오들을 소급해서 단죄할 수 있는 것으로 다루었다. 그래서 오이디푸스는 못된 품성을 갖게 되었고, 비극이 시작되어 처벌이 당연시되기 이전에 이미 악한 품성을 가진 자가 되어버렸다. 사실 오이디푸스에게 책임의 일부를 부여하지 않고 어떻게 자유의지를 개입시킬 수 있겠는가? 따라서 이전의 과오를 통해 오이디푸스에 대한 응징을 설명하기 위해서는 〈테바이드〉의 신화를 확대 해석해야만 했다. 라이오스는 신의 판결을 준수하지 않았기 때문에 유죄이다(그는 아들을 버렸다). 하지만 그렇다면 라이오스의 첫 번째 과오는 어디에 있는가? 신들이 그와 같은 과오 때문에 라이오스를 처벌한 것은 부당하지 않은가? 따라서 서둘러 라이오스의 유죄를 확증해내거나 잘못된 이교도 신들을 비난해야만 했다. 전체적인 줄거리도 바꿔야 했을 것이다. 다시 말해, 알려지지 않은 과오와 가차 없는 처벌이라는 두 테마로 이루어진 구도를 두 테마의 상호 관련성을 늘리기 위해 바꾸어야 했던 것이다. 모순되는 줄거리와 텍스트의 연대기적 질서를 뒤집을 각오를 하고, 사실이 아닌 가정된 과오들이 새로 만들어지고 강조되기에 이른다. 오이디푸스는 유죄다. 신의 결정을 무시했고 신들과 이 땅에서 신들을 대표하는 자들을 공격하면서 계속 무시했다, 교만함이 벌을 받을 만큼 컸다, 라이오스의 원수도 빨리 갚지 않았다 등등. 바로 이러한 이유 때문에 '비고의적 죄들'이 은폐되거나, 고대의 비기독교인이었던 극작가만이 저지를 수 있는 실수들로 간주되었다. 반면 '고의적 죄들'은 특별히 종교적 관점으로 해석되게 된다. 오이디푸스의 무지, 즉 아무것도 모른 채 죄를 지었다는 사실은 18세기에는 핵심적인 문제가 아니었기 때문에, 텍스트는 그런 식으로 해석되곤 했다. 중요한 것은 최고의 가치들을 구현하는 주인공이 죄를 지을 수 있다는 것이다. 주인공은 아버지이고 왕이며 또 신에 복종하기도 하지만, 그럼에도 불구하고 그는 죄의 대가로 그에 상응하는 벌을 받는 것이다.

　　요컨대 오이디푸스 신화는 그리스 문화에서 말하는 인간적인 과오를 기독교적으로 어떻게 해석하느냐에 따라 다양한 양상을 띠게 되었다. 오이디푸스를 다룬 모든 텍스트는 작가의 철학적·정치적·종교적 의도를 반영하고 있다. 따라서 오이디푸스와 그가 행한 과오에 대한 이미지들은 작가가 바뀔 때마다 비극의 스토리에 내재해 있는 구조적이고 추론이 가능한 변수들을 따라가며 변하게 된다. 우선 과오라는 개념의 모호함으로부터 다양한 해석이 나온다. 자유의지, 운명론, 기독교의 신과 이교도 신의 역할에 관한 여러 논쟁과, 이 논쟁들 속에 내포되어 있는 정치적 의미들이 망설임 없이 비극의 스토리 속으로 들어왔으며, 그리하여 오이디푸스 문학이라고 명명할 수 있는 하나의 거대한 텍스트를 이루었다. 그래서 종종 〈오이디푸스 왕〉을 기원전 5세기의 텍스트와의 상관성을 도외시한 채 당대의 주요 관심사에 맞추어 다양하게 묘사했던 것이다.

　　볼테르의 첫 극작품인 〈오이디푸스〉는 이신론의 선전포고

이자 문학적 권력의 장악으로 볼 수 있다. 코르네유로부터 반세기 뒤, 그에 맞서 한 재능 있는 작가가 재빨리 문학 공화국의 인정을 받은 후 프랑스 문단에 혜성처럼 떠오른 것이다. 볼테르는 1659년에 쓰여진 코르네유의 〈오이디푸스〉를 공격하고 〈폴뤼왹트 Polyeucte〉를 다시 쓰려고 한다. 뒤따르는 성공과 논쟁은 저자의 의도와 비례한다. 소포클레스를 거역하고 비극에 무능하며, 특히 무종교에다가 섭정에 대해 무례를 범했다고―사람들은 오를레앙 공 필리프 2세에게 근친상간을 한 아버지의 혐의를 두고 있었다 (역주)―비난받은 〈오이디푸스〉는 야심 많은 극작가가 손에 든 최초의 무기였으며, 볼테르의 첫 성공작이기도 했다. 볼테르는 얀센파와 칼뱅파의 예정설에 대한 규탄의 차원을 넘어, 당시 미묘한 문제였던 신이 갖는 인간의 미래에 대한 예지능력을 공격한다. 사실 모두가 생각하고 있는 것처럼 신이 인간의 운명을 완전히 알고 있다면 인간의 자유는 어떻게 되는 것인가? 신이 인간을 처벌할 작정이라면, 신의 선은 어떻게 되는 것인가? 볼테르는 신의 무한한 예지능력을 가정하면서, 동시에 신에게 원죄의 책임을 씌우고, 신이 부당하다고 생각한다. 따라서 볼테르는 한편으론 참담한 운명예정설, 다른 한편으론 거짓신앙과 다른 무엇에도 구애받지 않는 태도를 예로 들면서, 신이 인간을 자유롭게 행동하도록 만들었다는 사실을 가정하고 문제를 재검토한다. 신의 예지능력은 더 이상 인간의 모든 행위를 예측하는 데 있는 것이 아니다. 신이 가능한 일만 일어나도록 한 이상 인간은 자유롭게 선과 악을 택할 수 있기 때문에 일어날 일을 예견할 수 있는 것이다. 이러한 의미에서 오이디푸스 우화la fable œdipienne에 삽입된 인물인 필록테트는 신이 그에게 준 자유를 행사하고, 이 자유를 인류를 위해 이용하는 자유인이다. 반대로 오이디푸스와 이오카스테는, 본인들도 모르게 인간의 자유를 억압하는 비합리적인 운명예정설에 내맡겨져 있다. 이오카스테와 오이디푸스 앞에서 필록테트는 덕망 있고 깨인 군주이며, 이오카스테를 사랑했고 지금도 여전히 사랑하는 정열적인 군주이다. 또한 특출한 육체적·정신적 자질을 갖춘 노련한 현자이고 명예로운 가치들을 지녔으며, 폐쇄된 세계에서 유일하게 벗어나 있는 사람이다. 그는 자유사상은 아닐망정 무엇에도 구애받지 않는 생각을 지닌 인물로, 신성시되지만 실제로는 악한 신들로 이루어져 있는 종교와 관계를 끊는다. 운명에서 해방되었으며 용서하고 다스릴 줄 아는 인간, 엄격하지만 감동할 줄 아는 인간, 전통적인 비극적 가치들과 함께 정열과 비장함에 기초를 둔 새로운 가치들을 실현하는 인간인 그는, 작품을 새로운 왕정에 대한 희망으로 충만하게 한다.

이 시대의 일반적인 경향은 오이디푸스를 그리스도와 관련 있는 인물로 만드는 것이었다. 기독교적 해석은 오이디푸스가 과오를 범한 것으로 생각해야만 했다. 과오가 없이는 벌도 있을 수 없기 때문이다. 과오가 없다면 속죄나 신의 중재 역시 불가능하게 되고, 원죄와 유월절의 희생양인 그리스도의 기독교적 구도

構圖도 사라지는 것이다. 그래서 모든 것이 하나같이 오이디푸스를 죄 없는 희생양이면서도 동시에 죄를 지을 수 있는 육체적 존재로 만들어가고 있다. 하지만 기독교적 구도라고 해서 다 동일한 것은 아니며 갖가지 뉘앙스를 지니고 자리 잡는다. 확신을 한 상태는 아니지만 오이디푸스를 과오를 인정하는 인물로 묘사함으로써, 작가들은 그를 덕이 높고 자기 잘못을 인정하며 스스로 벌할 줄 아는 인간으로 만들었다. 오이디푸스는 자살을 하거나 두 눈을 도려내어 최후를 맞는다(오이디푸스는 이 두 가지 종말 중 하나를 선택하게 된다). 그러면서 회개하고 속죄한다. 게다가 자신을 제물로 바쳐 도시를 구한다. 잘못된 처벌을 받고 속죄자가 된 오이디푸스의 이러한 이중적인 정체성은 〈콜로노스의 오이디푸스〉에 대해 당시에 행해진 여러 해석 속에서 극에 달한다. 신의 계시를 듣고 이성의 빛에 도달한 그는, 천성에 따라 아들 폴뤼네이케스를 용서한다. 우리는 이때 18세기의 관객과 작가가 실명 상태를 전설의 축으로 삼으면서—왜냐하면 실명을 했다는 점이 〈콜로노스의 오이디푸스〉를 준비하고 있기 때문에—〈오이디푸스 왕〉의 위험을 몰아내고 있다는 사실을 알게 된다. 무엇보다도 오이디푸스 왕을 눈이 멀었다는 사실을 깨닫고, 그로 인해 더 현명해져 앞을 내다보기까지 하는 왕으로 만드는 것은 전적으로 기독교적 관점에 의거한 결과이다. 실명이란 주제를 통한 빛의 문제는 이 세기의 여러 주요 주제 중 하나였으며, 사람들은 어둠과 그것이 내포할 수 있는 진실에 대해 곰곰이 생각하게 된다. 보면서도 보지 못하는 사람, 너무 많은 것을 보아서 말을 못하게 된 사람, 눈부신 진실을 통해 진정한 눈(통찰력)을 갖기에 이른 사람이 오이디푸스란 인물 안에서 하나로 만나고 있다. 오이디푸스는 이렇게 해서 작가 자신이며 동시에 독자이고, 나아가 진실을 캐묻는 모든 텍스트를 상징하게 된다. 우리는 오이디푸스를 이런 방식으로 해석하는 움직임을 여러 극작품에서뿐만 아니라 작가들이 자신들의 극작품에 근거를 주고자 했던 비평적 저술들에서 찾아볼 수 있다.

18세기 후반부는 영웅적인 용기만으로는 위험에 맞설 수 없는 시대였다. 왕은 자신이 대상이었으면서도 스스로는 통제할 수 없는 수많은 사건에 휘말려 들어갔다. 이 사건들은 명분이 있는 이성적인 사건들이었다. 이런 상황이 지속되면서 왕은 마침내 어쩔 수 없이 위험에 처하게 되고 실수를 저지르게 된다. 앙리 4세의 이미지 혹은 보다 훗날 다미앙Damien(1757년, 루이 15세를 작은 단도로 찔러 위해를 가함. 능지처사됨-역주)으로부터 위해를 당하는 루이 15세의 이미지 들이 환기되는 것은 이런 이유 때문이다. 프랑스 대혁명이 일어나기 훨씬 이전부터 사람들은 다미앙과 라바이야크Ravaillac(1610년, 국왕 앙리 4세를 살해한 시역 죄인-역주)의 이름을 기억하고 있었다. 이런 상황에서 라이오스를 살해한 자를 거론하는 것은 많은 사람이 알고 있는 시역사건들을 거론하는 것을 의미했다. 다미앙의 시역 기도는 전능한 이미지에도 불구하고 왕이 얼마나 나약한 존재인가를 보여주었다. 그렇다면 존속 살해나 근친상간도 모자라 군주 살해범이기도 한 오이디푸스 왕을 어떻게 구원해낼 수 있을 것인가?

　　작가들은 왕의 유죄를 인정하거나, 왕비의 과오를 강조하거나 혹은 왕을 옹호하는 3가지 해결책 중 하나를 선택하게 된다. 18세기 말은, 왕은 곧 아버지라는 생각에 대해 의견이 분분하던 때였다. 왕은 조국의 아버지이자 국가의 아버지이며, 루이 15세와 루이 16세는 물론이고 그들이 저지른 심각한 과오조차도 1784년부터 1791년까지 비극과 오페라의 주제로 다루어졌다. 이 작품들은 관객들의 동정심을 유발하기 위해 군주를 백성들의 아버지로 묘사하곤 했다. 뿐만 아니라 이 작품들은 정치적인 목적과 왕의 존엄성의 특징적인 이미지를 상기시키기 위해 일반인들이 좋아하는 연극의 기법들을 차용했다. 앙리 4세가 갖고 있는 백성들의 아버지로서의 이미지는 모든 사람의 뇌리 속에 그대로 남아 있었다. 또 루이 15세는 타락함으로써 왕의 이미지에 중대한 손상을 가했지만 잘생긴 귀염둥이 왕이었고, 루이 16세에게서는 자상한 가장의 이미지를 보고 싶어했다. 하지만 운명의 심판은 가차 없는 것이었다. 당시 모든 사람은 이 세 왕으로부터 자신의 모습을 발견할 수 있었다. 하지만 동시에 이들 왕에 대한 시해사건 역시 모든 이의 뇌리에 생생하기만 했다. 극작가들은 위계질서를 전복시키고 왕과 그의 아이들을 백성의 일원으로 간주하면서 (뒤프라Duprat의 경우를 제외하고 거의 모든 작가가 극에서 어머니를 다루지 않았다) 왕에게 완전히 새로운 정통성을 부여하려고 했다.

하지만 이는 동시에 왕에게 부르주아, 즉 일반 시민의 역할을 수행하게 한 것이었고, 따라서 왕의 본질을 파괴한 것이나 다름없었다. 이러한 변화들은 비극과 드라마 그리고 귀족과 시민이 혼재하는 혼란스러운 가치관에 기인하는 것으로, 왕은 개인적으로는 가장이자 동시에 선한 구세주로, 또는 진실을 찾아 떠나지만 항상 실패하는 인간으로 혼란스럽게 묘사되곤 했다.

족보에 생긴 균열들

오이디푸스를 다룬 극작품들이 제기하는 문제들은, 따라서 어머니에 대한 충동적인 사랑과 아버지의 죽음에 관계된 개인적인 것이 아니라 한 가정, 나아가서는 한 국가의 정통성과 족보에 관련된 문제들이었다. 실제로 아버지이자 왕이고 왕이자 아버지인 한 존재와, 그가 속해 있는 족보의 정통성을 둘러싸고 논쟁이 일어났다. 작가들은 족보의 정체성을 되묻곤 했다. 왕이자 아버지인 그는 자신의 정통성을 상실함으로써 비로소 그것을 되찾을 수 있었다. 다시 말해 진정으로 자신이 누구인지 알았을 때에만 정통성을 획득할 수 있는 것이다. 자신의 정통성을 찾아 나서는 자는 다름 아닌 왕 자신이어야 한다. 이런 면에서 보면 오이디푸스는 자신의 탄생의 기원을 찾아 나선 인간이면서, 동시에 왕으로서의 본질을 찾기 위해선 자신이 곧 법인 탓에 뒤죽박죽이 된 족보의 규칙을 준수할 수밖에 없었던 왕이었다.

오이디푸스는 조사가 시작되기 이전에, 그리고 조사가 진행되는 동안에도 자신이 누구인지 몰랐기 때문에 군주로서 지켜야 할 규범들을 준수했다. 권력은 섭정을 하는 여인의 손으로부터 나왔고, 오이디푸스는 이 여인 대신 지배하며 권력을 지켰으며, 정치 공백기에 처한 국가를 위기에서 구해냈다. 그렇게 함으로써 오이디푸스는 새로운 족보의 시조가 된 것이다. 왜냐하면 오이디푸스로부터 시작되는 족보는 그의 아버지 라이오스의 족보는 아니기 때문이다. 오이디푸스는 한 가문을 세운 시조가 되었고, 앞으로 진정한 군주가 되기 위해 결코 폭군은 되지 않겠다는 다짐을 하게 된다. 진정한 군주 오이디푸스는 기존 족보의 도움 없이 스스로 시조가 되어 얻게 된 권력을 선정을 통해 정당화할 수 있는 군주가 되기를 원했던 것이다. 그리고 정의로운 군주로서 그가 첫 번째 할 일은 신들이 정한 규칙을 따르는 것이었다. 하지만 모든 것이 그의 손을 떠나 있었다. 기원을 밝히기 위해 행해진 조사는 참담한 진실만을 드러내주었기 때문에 끔찍한 공포 그 자체였다. 처음에는 영웅이었지만 친부 살해범이자 근친상간을 범한 죄인으로 드러난 그는 정당성을 주장할 수 없는 계승자로 전락하고 말았다. 이렇게 보면 오이디푸스는 통치의 본성을 상징할 뿐만 아니라, 인간 본성이 전복된 상태를 나타내기도 한다. 그는 법을 집행하는 자이면서 동시에 법의 이면을 드러내기도 한다. 오이디푸스는 가족과 정치에 있어 위기에 처한 법을 나타내는 하나의 표상인 것이다. 오이디푸스는 요컨대 부권이 지닌

힘이 폐기되었음을 가장 완벽한 형태로 보여주고 있다. 이상적인 시대, 즉 비극의 시간인 저 관념적인 시대에는 권위와 통치의 정당성을 구성하는 여러 요소가 상호 관련성 속에서 작용했고, 항상 일치하는 것도 아니었다. 이 여러 요소는 정통성의 한계, 심지어 사회에 대한 법 지배의 정당성이 갖는 한계에 대해서까지 의문을 제기했다. 이런 면에서 이러한 요소들은 윤리적·정치적·종교적인 표현으로 사회에 개입했다고 볼 수 있다. 따라서 오이디푸스를 다룬 극들은 비극을 통해 혹은 이 비극의 주제인 위기를 통해 사회의 균형을 시험하는 역할을 했다고 볼 수 있다. 사회에 대한 이러한 문제 제기는 근친상간과 친부 살해라는 터부, 그리고 이것들과 유기적으로 연관을 맺고 있는 시역이라는 보다 정치적인 성격의 터부를 다룬 비극에 대한 논쟁을 거치게 된다. 신화 속에서 부권은 이의 제기를 당하고, 직접 아버지가 살해되고, 또 보쉬에Bossuet가 말했듯 자연 질서 자체가 전복되었으므로 더 이상 초월적인 신의 권능도 존재하지 않게 된 것이다. 존속 살인과 시역, 즉 친부 살해와 군주 시해는 가족과 정치 양면에 걸쳐 이중의 위기를 촉발시켰다. 국가와 가정이 신이 부여한 정통성을 갖고 있다고 여겨졌던 자를 비난하고 제거하는 것을 받아들이자, 이제 어디에서도 더 이상 정통성은 보장받을 수 없게 되었다. 아버지와 왕을 죽임으로써 신도 함께 살해된 것이다. 아버지를 죽이고 시역을 범하면서 왕위를 승계한 자는 더 이상 계승자일 수 없으며, 승계의 모든 시스템은 통치권의 관점에서 보나 일반 법

률의 관점에서 보나 마비된 것이나 다름없다. 이러한 대변혁이 앙시앙 레짐, 즉 구체제의 작가들에게 더욱 충격적으로 받아들여 졌던 것은 아버지를 죽인 아들이 아버지가 되고, 왕을 죽인 자가 왕이 된다는 사실 때문이었다.

　오이디푸스의 이야기 속에서 자연의 질서를 따라가던, 다시 말해 아버지가 왕이면 아들도 자연스럽게 왕이 되는 통치는 이렇게 해서 가장 비자연적인 통치로 변질되고 만다. 시역과 친부 살해에 기초를 두고 있었고, 나아가 근친상간으로 인해 후손들이 복잡한 관계를 형성하게 되기 때문이다. 오이디푸스를 다룬 비극들은 하나의 특별한 케이스 혹은 긴밀하게 연결되어 있는 일련의 케이스 들을 무대에 올린 것이다. 군주와 아버지에 대한 인식이 끊임없이 논의되고 수시로 변하는 시대에 국가 통치의 영역과 가정이라는 영역은 서로가 서로를 비추는 거울의 역할을 한 것이다. 이러한 시대에 오이디푸스 신화 속에 내재해 있는 많은 에피소드는 왕권과 부권이 본질적으로 언제든지 법을 통해 조정 가능한 것임을 보여준다. 따라서 모든 이야기는 왕이면서 동시에 아버지이기도 한 인간이 가장인 가족, 즉 왕족을 중심으로 전개된다. 이야기가 전개되면서 아버지, 아들, 어머니 그리고 아이들 모두가 죄의 사슬에 얽매이게 된다. 가족 구성원 하나하나에게 죄를 묻지만 무엇보다 문제가 되는 것은 가족의 구조 자체이다. 오이디푸스는 결코 원하지 않았던 것이지만, 이미 자신보다 먼저 존재했던 자들, 즉 그의 조상들로부터 자유롭지 못하다. 과거로 거슬러 올라가면 올라갈수록 라이오스, 카드모스 등을 만나겠지만 오이디푸스는 아버지가 차지하고 있는 무게를 절감할 것이고, 통치체제 전반에 대해, 비록 원했던 바는 아니지만, 자신이 이의를 제기했다는 사실과 그로 인해 자신의 정통성 역시 근본부터 의심을 받게 되었다는 사실을 알게 된다. 문제가 되는 것은 아버지의 과오가 아니라 아버지 그 자체인 것이다. 다시 말해 과오의 근원으로서의 아버지가 아니라 모든 사건의 핵심에 위치해 있는 아버지인 것이다. 즉 문제가 되는 것은 아버지에게 과연 조상들과의 관계를, 특히 신과 직접적인 관계를 맺고 있었던 것을 인정해줄 수 있는가였다. 오이디푸스는 과연 자신을 아버지로 세운 이가 신이라고 주장하면서 가정에 위기가 찾아왔을 때 신에게 자신을 아버지로 있게 해달라고 애원할 수 있을까? 왕의 정통성은 아버지라는 사실로부터 나오고, 따라서 아버지를 세운 이가 신이기 때문에 왕의 정통성 역시 신으로부터 나온다고 주장하면서, 왕국을 지탱하는 규범 전체와 그 자신이 위험에 처했을 때, 신에게 애원을 할 수 있을 것인가? 요컨대 오이디푸스 이야기는 하나의 절대적인 준거를 찾는 이야기이다. 다시 말해 한 가계의 족보 전체와, 나아가 한 국가를 세우고 유지시켰던 순수하고도 절대적인 타자에 대한 탐색인 것이다.

17세기와 18세기 동안 각색된 여느 그리스 비극보다도 오이디푸스 이야기는, 근친상간이라는 핵심적인 문제를 깊이 다루고 있다. 또 가족과 국가의 법적이고도 구조적인 문제들을 극속으로 끌어들임으로써 족보에 관련된 다른 많은 문제를 전체적으로 다룰 수 있는 기회를 제공했다. 아버지의 정통성을 족보의 왜곡, 혹은 단절이나 이로 인해 생겨난 터부와 연결시키면서 본격적인 논의의 대상으로 삼는다는 것은, 곧 아버지의 임무와 시조로서의 정통성에 이의를 제기하는 것을 의미한다. 오이디푸스는 자신이 왕으로서 누릴 수 있는 적법한 권리를 행사해 족보가 뒤죽박죽이 된 사실을 발견하면서, 테이레시아스를 중심으로 한 종교, 어머니인 이오카스테, 두 명의 양치는 목동 그리고 자신의 아이들 등 비극의 모든 단계에서 중심에 있게 된다. 그는 진실이 발견되었을 때 벌을 받게 되지만, 어쨌든 자신의 기원을 찾는 일에 전 국가를 동원한 셈이다.

자신의 진정한 본성을 찾아 나서야만 하는 것일까? 오이디푸스 이야기에서 문제가 되는 것은 어머니, 아들, 아버지, 왕그리고 신 등 모든 인물의 정통성에 관한 것이었다. 극은 끊임없이 왕들과 왕위 계승 문제를 다루고 있다. 누가 왕위를 승계할 것인가 하는 문제는 궁정의 영원한 문제였다. 따라서 왕위를 물려받을 사람이 누구이며, 족보라고 하는 저 우람한 나무의 어느 가지에 속하는지를 따져야만 했다. 이러한 조사는 비단 왕가의 족보를 따지는 데에만 머물지 않고 귀족 가문의 족보들도 대상이되었고, 심지어 모든 가족의 족보가 문제가 되기에 이르렀다. 정치적인 것이든 일상적인 것이든 족보에 관한 지식은 결혼이나 유산상속 등의 예에서 보듯 사회가 움직여 나가는 데 유용하게 쓰인다. 비극 〈오이디푸스 왕〉은 족보에 관련된 상징적인 극이다. 족보 문제를 연극적 의식儀式의 형태로 제기할 수 있었던 것은 오직 군주제에서만 가능한 일이었다. 이것은 전설 속의 왕들을 무대 위로 불러내 현재의 왕들로서는 감당하기 어려운 위기들을 대신 겪게 하는 것이었고, 나아가 현재의 백성들에게 교훈을 주기 위해 무대 위에 나타난 왕들의 과오를 용서하고, 왕들을 구원하기 위함이었다. 비극은 하나의 의식이었고, 이 의식을 통해 통치권이 왕에게 있음을 말할 수 있었다. 하지만 동시에 비극은 통치권을 논의대상으로 삼을 수 있게 했다.

연극적 의식

법과 달리 오이디푸스를 다룬 연극에서는 모든 인물의 자리가 고정되어 있지 않다. 아버지는 아들이 아니고, 백성은 군주가 아니라고 말하는 것은 법일 뿐이다. 연극에서는 모든 것이 유동적이며, 자리가 뒤섞인다. 국가가 법을 선포하고 자리를 지정하고 또 금기를 만들 때, 연극은 이 자리들이 만들어낸 혼란으로 인해 어렵고, 때론 불가능하게 보이기까지 한 길을 멀리 우회해, 이 족보에 관련된 혼란을 극복하려고 한다. 하지만 이러는 사이, 법이 아무리 견고한 것이라 해도, 무엇인가가 무너지기 시작했다. 족보의 논리에 기초해 있는 국가의 근본질서에 대해 이의를 제기할 수 있다는 가능성은, 비록 그 가능성이 연극을 통해 암시된 것이라 해도, 또 나아가 죄인들을 처벌하고 심지어 없는 죄를 뒤집어씌워 겁을 준다 해도, 체제 전반을 뒤흔들어놓을 수 있는 것이다. 아리스토텔레스와 철학자들이 밀했지만, 국가와 그 근본을 이루는 족보에 대해 이의를 제기한 극 중에서 오이디푸스 이야기에 필적할 만한 것은 찾기 힘들다. 위험을 느끼고 요지부동의 태도를 보인 교회와 달리 군주제로부터 지지를 얻었던 오이디푸스는, 그것을 다루려는 목적에도 불구하고 법으로는 풀 수 없었던 문제들을 제기했던 것이다.

오이디푸스 문제의 핵심은 구체제의 시금석이었던 부권父權에 있었다. 이 부권은 아버지를 주인공으로 하는 한 편의 신화를 중심으로, 각종의 장치를 구축하는 법을 통해 인정되고 확인되어야만 했다. 하지만 문학은 아버지를 주인공으로 하는 한 편의 신화를 문자 그대로 해석했다. 〈오이디푸스 왕〉은 불확실하고 실추된 부권을 중심으로 행해지는 끝없는 탐색이다. 그리고 이 탐색이 진행되면서 인물들이 족보에서 차지하고 있던 자리들이 뒤섞였다는 사실이 드러났고, 더 이상 가계도를 그릴 수 없게 되었다. 위기는 이미 비극의 초입부터 시작되고 있었다. 아버지이자 왕인 오이디푸스는 백성을 보호할 수 없었다. 그러므로 그는 더 이상 왕이 아닌 것이다. 이어 사람들은 오이디푸스의 출생이 불확실하다는 것을 알게 된다. 그는 양자였던 것이다. 새로운 전설, 즉 오이디푸스의 어머니가 누구인지가 전해지자 그는 아버지로서의 권위를 완전히 상실하게 된다. 그는 근친상간의 대죄를 저지른 것이다. 그렇다면 휘황찬란한 영광은 아니더라도 이 실추된 부권에 왕권이라도 회복시켜주기 위해서는 어떻게 해야 할 것인가? 다른 종류의 전설들을 만들어낼 수밖에 없었다. 비록 지나치게 작위적으로, 흠 하나 없이 부권과 왕권을 상징하는 인물이라 해도 정당성을 지닌 인물들을 만들어내는 것이다. 나아가 오이디푸스로 하여금 아버지로서, 그리고 아들로서 자신의 정체성에 대해 회의를 갖게 한 인물을 응징 내지 제거하게 해야만 했다. 그리고 모든 죄악의 멍에를 쓰고 이 응징의 대상이 된 인물이 바로 어머니이다. 오이디푸스가 의미를 가질 수 있는 것은 오직 이때뿐이다. 비록 절망적이지만 오이디푸스가 다시 아버지가 되어보려고 하는 것도 이때뿐이며, 한 개인으로 살아남을 수 있는 것도 이때뿐이다. 나아가 그가 자신의 부권과 왕권을 진정한 의미의 아버지인 테세우스 같은 인물에게 양도하는 것도 이때뿐이다. 금기를 어긴 체제에 관련된 이야기를 극화한 다음, 비극은 각자가 다시 제자리를 찾아가는 모습을 극화해 보여준다.

금지된 조사

오이디푸스를 다룬 모든 비극을 처음부터 끝까지 관통해서 흐르는 주제는 법이라는 장치 아래 숨어 있을 것으로 생각되는 인간 본성에 대한 탐구를 금지하는 금기이다. 오이디푸스는 극이 시작되자마자 왕의 살해범에 대한 조사를 명한다. 그가 몰랐던 것은 이 조사가 자기 자신에 대한 것이라는 점이었다. 따라서 그는 자신이 명령을 내린 이 조사가 자신의 족보에 대한 것이고, 왕국의 통치에 대한 것이며, 나아가 왕국의 모든 사람이 속해 있는 거대한 족보 전체에 대한 조사라는 것을 알지 못했다. 오이디푸스는 자신이 누구인지를 밝혀내면서 동시에 국가의 비밀들을 가리고 있던 장막도 걷어낸 것이다. 그는 바로 이 금기를 어긴 것이다. 하지만 '국가의 비밀들을 가리고 있던 장막'은 어떤 경우에도 찢겨서는 안 되는 것이었다.

> 모든 왕국에는 비밀이 있는 법이다. 프랑스 왕국도 비밀을 갖고 있으며, 그 비밀은 종교적이고 성스러운 침묵 속에 가려져 있다. 왕들에 대한 저 맹목적인 복종을 통해, 우리는 더 이상 왕들을 받들 필요가 없다고 느껴질 때에만 부정할 수 있는 우리의 권리를 이 침묵 속에 묻어버린다. 왜냐하면 이 침묵의 장막은 백성의 권리와 왕의 권리를 두고, 우리가 말할 수 있고 생각할 수 있는 모든 것을 덮어버리기 때문이다. 백성의 권리와 왕의 권리는 오직 침묵 속에서만 조화로운 하나의 전체를 이룰 수 있다.
>
> 레츠Retz 추기경, 〈회고록Mémoires〉, 1717, 제2부.

하지만 오이디푸스는 이 장막을 찢어버렸고, 침묵을 파괴했다. 비록 무대 위에서였지만 다른 사람들이 왕의 임무에 대해 의문스러워하는 것을 허락하는 왕을 본다는 것은, 그 자체로 충격적인 일이 아닐 수 없었다. 숨겨야 할 비밀을 오히려 찾아 나선 한 인간의 모습 역시 충격적이다. 그리고 또, 왕의 직분이 지니고 있는 모순된 면과 자신이 누군지를 알았을 뿐 아니라, 이 지상에서 인간이자 왕이 되기 위해서는 무엇이 있어야만 했는지를 깨달아가는 왕을 보는 것도 충격적이다. 비극이라는 장르가 원래 그렇지만 오이디푸스 이야기는 가장 본질적인 질문, 즉 마지막까지 범해서는 안 되는 최후의 금기가 무엇인지 그 어떤 비극보다도 더 상징적이고 명쾌하게 제기한다.

오이디푸스 신화에서 최후의 금기는 무엇인가? 친부 살해도 아니고 근친상간도 아니었다. 최후까지 지켜져야 할 금기는 다름 아닌 '조사'였다. 어떤 경우에도 '조사'해서는 안 되는 것이다. 따라서 문제가 되는 것은 객관적인 사실이 아니라 인간의 의도인 것이다. 근친상간에 대해서는 입을 다물고 조용히 마음속에서 해결해야 한다. 아니면 완전히 모른 척해야 한다. 하지만 비극은 비극만의 고유한 필연성이 있어, 마침내 오이디푸스는 전 국가와 가족 모두를 조사의 대상으로 삼는다. 그 결과 관객을 포함한 모든 사람이 알게 되는 것은 무엇인가? 단 하나, 처음부터 조사하지 말았어야 했다는 것이다. 근친상간도 친부 살해도 이 마지막 금기를 구성하는 부분이었을 뿐이다. 아버지를 살해하고 어머니를 소유한다는 것은 오래전부터 모든 인간관계의 기원에 자리 잡고 있는 하나의 사실이다. 이 사실은 어느 한 개인이나 특수한 계층의 것이 아니라 모든 사람의 것이며, 누구에게나 금지된 것이며, 누구에게나 유혹적인 것이다. 이런 면에서 보면 오이디푸스는 극에서 이오카스테가 말한 바 있는 꿈을 꾸고 있었던 것인지도 모른다.

> 폐하, 지금 위협을 받고 있지만 폐하께서 근친상간의 죄악을 저지르지 않았나 걱정하지 마십시오. 폐하 이전에 얼마나 많은 사람이 꿈속에서 자신의 어머니와 함께 잠자리를 하는 상상을 했습니까? 이 모든 환상을 극복해야만 마음의 평정을 얻으실 수 있습니다.
>
> 〈오이디푸스 왕〉, 다시에Dacier 번역, 1692.

[다시에의 역주─어머니와의 동침을 예언한 신탁 때문에 괴로워하는 오이디푸스에게 이오카스테는, 오이디푸스의 상상을 환영이나 꿈으로 다루며, 똑같은 꿈을 꾸지만 잠에서 깨어나면 더 이상 꿈을 생각하지 않는 수많은 이처럼, 그 역시 더 불행해지지는 않을 거라는 사실을 일러주려 한다. 하지만 이 대목은 공포와 동정심을 한층 더 강렬한 것으로 만든다. 왜냐하면 다른 사람들은 오직 꿈속에서만 꿈꿀 수 있는 것을 오이디푸스는 현실에서 저질렀기 때문이다.]

많은 인간이 이미 그들의 꿈속에서 어머니의 침실에 들었노라. 이런 이야기를 대수롭지 않게 여기는 자들만이 인생을 보다 잘 견뎌낼 것이다.

소포클레스, 〈오이디푸스 왕〉, 폴 마종 역,
레 벨 레트르, 1958.

비극 〈오이디푸스 왕〉에서 무엇보다 충격적인 것은 다름 아닌 바로 '조사'이다. 오이디푸스는 사회가 원하지 않았고 다른 사람들이 원하지 않았으며, 사제들 심지어 어머니마저도 갖은 노력을 다해 막으려고 했던 조사를 감행했던 것이고, 이 조사란 다름 아닌 바로 자기 자신에 대한 조사였다. 모든 사람에게는 한낱 꿈에 지나지 않았던 것이 오이디푸스에게 와서 현실이 되어버린 것 역시 이 '조사'를 끝까지 행했기 때문이다. 그 결과 오이디푸스는 무엇이 그로 하여금 그렇게 하게 했는지를, 누가 그를 이 세상에 태어나게 했고 또 그가 누구를 이 세상에 태어나게 했는지를 알게 되는 것이다.

스핑크스의 에피소드를 해결하면서 모든 문제에 답을 할 수 있다고, 특히 인간에 관해 모든 것을 알고 있다고 생각했던 그가 조사를 끝낸 후 알게 되는 것은 아버지, 아들, 왕 그리고 남편이라고 하는 인간의 위상에 대한 것이었다. 따라서 길고 긴 여행과 같은 조사가 끝나면, 우리는 오직 제도를 통해서만 그리고 이 제도를 통해 가족이나 다른 공적인 세계 속에 할당된 자신의 자리를 통해서만 존재할 수 있는 한 개인을 다시 만나게 된다. 이 길고 긴 탐구가 우리에게 던지는 교훈은 친부 살해와 근친상간은 특별한 사건이 아니라는 점이다. 오이디푸스가 행한 '조사' 혹은 자신에 대한 탐구는 한 개인을 넘어서 모두에게 해당하는 일인 것이다. 감히 말하건대, 다른 가족 구성원들처럼 오이디푸스라는 인물은 자명한 인물도, 또 당연한 인물도 아니다. 보편적이면서도 거역할 수 없는 절대적인 환상을 표현하는 모든 인물은 제도가 각각에게 부여한 자리들을 잃어버리면서, 가족 구성을 일러주는 족보에 일대 변화를 일으키게 된다. 형제 살해든, 친부 살해든, 혹은 근친상간이든 아니면 인간으로 태어난 죄든, 모든 인간은 자신들의 마음속 깊은 곳에 도사리고 있는 죄를 알고 있다. 하지만 그 누구도 이 죄를 현실 속에서 저지를 권리는 갖고 있지 않으며, 또 그것을 확인할 권리도 갖고 있지 못하다.

비록 비극은 인물들의 실체를 알게 되는 과정과 장엄한 스펙터클 그리고 비장함을 통해, 또 나아가 아테네에서 온 덕을 갖춘 군주를 통해 국가 전체를 옥죄고 있는 사건을 해결하려 함으로써 화급한 문제에 대비한다. 하지만 무대 위에서 길고 긴 탐구가 이루어지는 것만은 막을 수가 없었다. 인간에 의한 인간에 대한 앎, 법에 의한 법에 대한 앎, 그리고 가족에 의한 가족에 대한 앎과 사회에 의한 사회에 대한 앎, 이 모든 과정은 누구도 막을 수 없게 진행되어버렸고, 마침내 모든 것을 알게 된 오이디푸스는 그때야 비로소 눈이 멀어버리게 되는 것이다.

진정한 비극은 바로 여기에 있다.

오이디푸스는 어디로 갔는가?

장-마르크 랑트리JEAN-MARC LANTERI

> 오레스테스와 엘렉트라의 세기가 되면
> 오이디푸스는 희극이 될 것이다.
>
> 하이너 뮐러Heiner Müller

20세기는 여전히 위대한 신화의 시대다. 신화를 창조해내는 시대이기보다 소비하는 시대이긴 하지만, 고대의 신화들이 와해된 형태로 문학적 상관성을 유지하고 있다는 의미에서, 20세기 역시 신화의 시대인 것이다.

오이디푸스는 20세기 초 지드나 콕토같이 오이디푸스 전설을 비극의 소재로 삼으면서 혁신적인 해석을 했던 작가들에게 여전히 매력적인 인물이었다. 하지만 이들의 혁신적인 해석은 외형적인 것이었을 뿐 구성에 있어서는 고전적 방식을 완전히 벗어나지 못했다. 오이디푸스에 관심을 보인 사람들은 이들만이 아니었다. 오이디푸스가 지니고 있는 신화적 특성을 한층 부각시켰던 필리프 미야나Philippe Minyana, 베르나르-마리 콜테Bernard-Marie Koltès, 디디에-조르주 가빌리Didier-Georges Gabily, 하이너 뮐러Heiner Müller 같은 현대 극작가들 역시 현대적인 방식으로 오이디푸스를 다루었다. 이들은 때대로 오이디푸스를 시사적이거나 역사적인 문제와 연관 지어보려는 시도도 마다하지 않았다. 지드나 콕토 혹은 현대 극작가들과 더불어 누보 로망nouveau roman 계열의 소설가들 역시 오이니푸스를 다루었다. 누보 로망 작가들은 신화의 요소들을 거대한 시스템 속에 은밀하게 유포시켜놓았다. 이렇게 해서 신화 중의 신화이자 정신분석적 상상 체계에 없어서는 안 될 축을 이루는 오이디푸스는, 현대의 수많은 극작가, 소설가에게 다양한 영감을 제공하면서 패러디의 대상이 되거나 해석학의 대상이 되곤 했다.

하지만 묘하게도 이런 수많은 재해석 속에서 정작 오이디푸스 신화를 찾아보기는 힘들다. 대신 20세기에 오이디푸스 신화를 다룰 때에는 신화의 비현실적이고 시대착오적인 성격을 고발하는 것이 가장 중요한 주제인 것처럼, 신화에 대해 터무니없는 해석들이 행해졌다.

풍자와 휴머니즘 혹은 모범생들

20세기 초 오이디푸스 신화는 풍자의 형태로 부활한다. 지드에서 콕토에 이르기까지, 발에 상처를 입은 오이디푸스 왕자(그리스어로 '오이디푸스'라는 말은 '부풀어오른 발'이라는 뜻이다―역주)는 초현실주의와 에고티즘égotisme(프랑스 작가 스탕달 이후 자아의 문제에 집착해

내면 분석에 치중하는 작품 경향. 본문에서는 지드를 지칭함—역주) 사이에서, 또 동화적 세계와 배덕주의 사이에서 우상 파괴자의 모습을 띠고 부활한다. 오이디푸스는 1931년 지드가 〈오이디푸스〉(이 작품은 그 다음 해 공연된다)에서 만들어낸 유형과, 1934년 콕토가 〈지옥의 기계〉에서 만들어낸 반체제주의자의 모습을 띠고 나타난다. 이 두 유형은 모두 당당한 반항으로부터 시작된다. 즉 두 작가의 오이디푸스 신화는 전통적인 가치들에 대해 대담하게 야유하며, 비극의 전통적인 시학과 미학을 단호하게 거부하고 있다. 그리스 비극을 다루면서(지드의 작품에서는 극의 줄거리에 은연중 과오와 죄에 대한 기독교적 교리가 섞여든다) 콕토의 초현실주의와 지드의 개인주의가 표적으로 삼은 것은 기독교적이고 미학적인 전통 전체였다. 두 작가는 기독교적 전통과 미학을 풍자하고 싶은 유혹을 받고 있었고, 나아가 때론 그것들을 희화화하고 싶었던 것이다.

지드의 〈오이디푸스〉는 왕권이라는 권력을 행사하면서도, 권위를 상징하는 주변의 모든 인물에 대해 도전하는 오이디푸스의 모습을 그린다. 오이디푸스는 이 인물들을 극도로 무례하게 다루고 있는 것이다. 제1막에서 그는 아직 정체를 모르는 라이오스의 살인범에 대해 욕설을 섞어가며 "만일 내가 그 돼지 같은 살인범을 알았더라면……"이라고 말한다. 그리고 오이디푸스가 이오카스테에 대해 다음과 같이 언명할 때 우리는 그저 웃게 될 뿐이다. "나는 그녀에게 남편과 같고 형제와 같은 사랑을 동시에 느낀다." 여기에서 신화는 극을 통해서가 아니라 지드가 만들어낸 주인공의 입에서 음미된다. 이오카스테와의 관계를 빈정거리는 주인공의 말을 통해 비장한 감정, 즉 파토스pathos는 사전에 차단되며, 이것은 작가의 의도이기도 했다.

콕토의 〈지옥의 기계〉는 소포클레스의 비극을 지드의 작품보다도 훨씬 더 보드빌vaudeville풍의 가벼운 희극으로 희석시켜놓으려 한다. 이오카스테와 테이레시아스가 요새를 둘러보기 위해 나가는 장면과, 이오카스테가 이 젊은 근위병을 유혹하고자 하는 욕망이 엿보이는 장면들을 위해 미리 분위기를 조성하는 제1막을 생각해보자. 콕토는 관객들이 이 신화를 너무도 속속들이 잘 알고 있다는 점을 인식하고, 여러 에피소드를 즐기며 소포클레스와 유희를 하고 있는 듯이 보인다. 모든 관객이 오이디푸스가 어머니의 브로치를 사용하여 자신의 눈에 자해를 가한다는 사실을 잘 알고 있다고 생각한 콕토는, 별 망설임없이 이오카스테의 입을 빌려 '모든 사람의 눈을 다치게 할 그 브로치'를 환기시킨다. 이렇게 해서 브로치는 무엇보다 대중의 눈을 멀게 해 작가의 의도를 눈치 채지 못하게 한다.

콕토처럼 지드도, 신보다는 인간을 더 신뢰하는 20세기의 관객을 상대하면서 그동안 수도 없이 반복된 신화의 이중의 의미와 암시를 의도적으로 희롱하고 있는 것이다.

관객들에게 함께 즐기자며 윙크를 보내는 이 미학은 분명 신화의 권위와 누구도 빠져나올 수 없는 그 비극적 구조에 대한 반항을 은연중에 내포하고 있다. 하지만 아직 그 반항은 온건한 수준에 머물러 있다. 왜냐하면 오이디푸스 신화는 분명히 신들의 초월적인 힘에 대한 인간의 복종을 그리고 있는 것이기 때문이다.

지드의 작품에서 크레온과 테이레시아스는 각기 그들의 활동 분야에서 능력과 영향력을 지니고 있으면서 동시에 보수성과 경직성을 대표하고 있다. 테이레시아스는 종교적인 차원에서, 크레온은 신분 계급이라는 차원에서 각각 폐쇄적 보수주의를 대변하고 있는 것이다. 테이레시아스는 제1장에서 말한다. "모든 사람이 어쩔 수 없어서 그러는 것일지언정 도움을 청할 수밖에 없는 절대자가 있다면 왕도 그 앞에 머리를 숙여야 하고, 그것이야말로 모든 사람을 위하는 길입니다."

지드의 모든 의도는 바로 이러한 도그마와 신들이 결탁한 음모 앞에서 개인이 자신 있게 자아를 확립하는 것이며, 그들의 도그마에 '길들지 않은 한 개인의 고백을' 주인공의 입을 통해 메아리치게 하는 것이다. 지드의 〈오이디푸스〉는 소포클레스의 작품처럼, 운명에 대해 한탄하는 것이 아니라 신들의 음모를 밝히는 것이며, 그리하여 초연함과 자제력을 통해 신들의 음모를 비판하자는 것이다. 또한 소포클레스의 작품에서는 냉혹하면서도 점진적으로 이야기가 전개되면서 소식을 전해주는 사람들이 주인공의 정체를 밝히는 정보를 하나 둘씩 가져오는 반면, 지드의 주인공, 즉 비극으로부터 벗어났고 포위망을 좁혀가는 소포클레스식의 추리소설을 가소롭게 여기는 주인공은, 자신이 근친상간을 범하고 아버지를 죽인 자라는 사실을 발견하는 과정에서 자신의 직관과 지혜 그리고 사고 능력 이외에 다른 어떤 외부적인 도움도 필요로 하지 않는다. 이 현대판 테바이의 왕은 일종의 도덕상의 문제를 다루는 셜록 홈즈인 것이다. 이야기를 전개시키며 지드가 취한 단 한 가지의 서스펜스는 사생아 문제이다. 오이디푸스는 크레온의 면전에서 자랑스럽게 선언한다. "오, 맙소사! 하지만 내가 사생아라는 사실을 아는 것마저도 내게는 별로 충격적이지 않아." 이것은 집안의 옛 문서들을 보는 과정에서 자신이 사생아임을 알게 되고, 그로부터 이득을 챙기기까지 하는 지드의 소설 〈사전꾼들Les Faux-Monnayeurs〉의 주인공 베르나르 프로피탕디외Bernard Profitendieu의 씁쓸한 환희를 상기시키는 오만에 찬 선언이다(주인공의 이름 속에 이미 신을 이용한다는 뜻이 들어가 있다-역주). 따라서 1931년에 태어난 〈오이디푸스〉는 운명의 꼭두각시가 아니라 '어떻게 변할지 모르는 운명을 갖고 있는 인간'이다. 니체의 정신이 행동으로 옮겨진 듯한 이 인물에게는 '과거도 또 어떤 전형도' 더 이상 존재하지 않는다. 그렇기에 그는 "모든 것은 새로 창조해야 해, 조국도, 또 조상들도"라고 말할 수 있는 것이며, 과거의 모든 가치를 지운 백지상태로 돌아갈 수 있는 것이다. 3막에 걸친 패러독스를 통해 오이디푸스는 더 이상 신의 뜻대로 움직이는 장난감이 아닌 누구도 어쩔 수 없는 개별성을 지닌 존재로 나타난다. 지드는 진지한 작업을 통해 작품의 주인공에게서 신화의 근본적인 개념을 제거하면서 자유의 숭고한 행위, 즉 니체식의 창조적 행위를 부여한다. 지드는 말한다. "나는 그 무언가 새로운 고통을 만들어내려 했다." 실제로 지드의 주인공들은 오이디푸스라는 비도덕적 존재로부터 라프카디오Lafcadio(1914년에 나온 지드의 소설 〈바티칸의 지하실〉의 주인공—역주)에 이르기까지, 새로운 고통을 통해 새로운 가치를 창조하기 위해 노력하는 인물들이다.

콕토의 작품에서 이러한 풍자적 성격은 더 명확하게 나타난다. 거기에는 누구도 부인할 수 없는 휴머니즘적 의도가 깔려 있다. 〈지옥의 기계〉가 불러일으키는 것은 두려움이라기보다는 차라리 동정심이다. 콕토는 이 작품에서 반은 초현실적이고, 반은 그의 전형적 방식이라 할 수 있는, 정신없을 정도로 다양하게 전개되는 이야기에 전념하고 있다. 하지만 그 내면에는 오랜 기간에 걸쳐 굳어버린 신화의 구조에 반대해 휴머니즘적인 욕망을 드러내보이는 진정한 투쟁이 들어 있다. 하지만 여기에서 재평가되고 있는 것은 오이디푸스라고 하는 인간의 자아보다는 사랑을 자각하는 감정적 자아로서의 위상이다. 왜냐하면 〈지옥의 기계〉의 비극적인 주인공은, 사실 오이디푸스라기보다는(그가 놀림의 대상이 되고 있다 하더라도) 바로 스핑크스이기 때문이다. 스핑크스는 오이디푸스에게 굴욕을 안겨주는 동시에 그를 보다 인간적으로 만들고, 그에게 "진정한 대관식을 마련해준다. 그리고 그 대관식은 잔인한 신들의 카드놀이에 놀아나는 이 왕을 한 인간으로 탄생시킨다". 한 치 앞을 못 보는 인간의 어리석음과 신들의 잔혹함 사이에서 태어나는 비극의 주인공에게 인생의 가장 소중하고 도 유일한 가치를 일깨워주는 것이 바로 스핑크스인 것이다. "사 랑하라, 그리고 사랑하는 사람의 사랑을 받아라." 오이디푸스는 젊은 여인으로부터 탄생하는 사랑을 보지 못했다. 그는 가장 숭 요한 것, 오직 내면적으로만 알 수 있는 사랑의 진실성을 몰랐다. 그는 "영혼은 어둠과 침묵 속에서 표현된다"는 것을 몰랐던 것 이다. 이런 이유로 관객들은, 오이디푸스가 죽음과 피로 얼룩진 무대 위에서 자신의 역할을 완수한 뒤 수천 년간 이어내려온 울 부짖음을 토해내는 장면과 함께 막이 내려질 때, 이 가련한 왕이 새로운 삶을 시작하는 모습을 보고 싶어 하는 것인지도 모른다. 하지만 그것은 불가능할지 모른다. 운명의 갈림길에서 스핑크스 는 이미 오이디푸스에게 권력의 무상함에 대해 경고했던 적이 있 다. 또한 신들을 위해 순교를 당한 이오카스테도 오이디푸스에게 "인간에게 끔찍하게 보이는 일들이 저 높은 곳에서는 중요하지 않습니다" 하며 초월적 세계에 대해 이야기했었다. 그렇기에 테 이레시아스는 안티고네와 오이디푸스를 '백성이며, 시인들이고, 순수한 마음을 가진 인간들일 뿐'이라고 했던 것이다.

지드와 콕토가 오이디푸스의 가면을 뒤집어놓은 것은 사 실이다. 하지만 이것은 그들이 1차 대전을 이데올로기적으로 조 작했고, 맞서 싸울 만한 용기가 부족했다는 비난을 더 이상 묵과 할 수 없었을 때 가능한 일이었다. 그래서 두 사람은 무거운 짐을 덜고 싶었을 때 비극 대신 한 걸음 물러서서 빈정거리는 휴머니즘을 제안한 것이다. 사랑과 자유 그리고 비극 대신 시로 이루어진 휴머니즘 말이다. 지드는 1933년에 쓴 한 일기에서 감히 넘볼 수 없는 고전 작가로, 자신의 먼 선배이기도 한 소포클레스에 대해 다음과 같은 무례한 언사를 서슴지 않았다. "나는 소포클레스의 라이벌이 될 생각이 없다. 비장감은 내 몫이 아니라 그의 것이다." 콕도도 부분적으로는 지드와 같은 입장이었을 것이다. 자아 예찬에 빠져 있던 두 나르키소스는 오이디푸스의 붉은 피가 흘러내리는 어찌할 수 없는 현실을 교묘하게 비켜갔던 것이다.

심부로부터 울려오는 비장감이 없다면 대체 오이디푸스는 무엇이란 말인가? 적어도 그런 깊이와 비장감의 그림자만이라도 있어야 하는 것 아니었을까? 관객의 시선이 없는 오이디푸스는 오이디푸스가 아니다. 옛날에는 연극을 보던 관객들이 비록 무대 위에서 펼쳐지는 것이었지만 치욕과 고통에 몸을 떨었고, 또 지금은 제목만 남긴 채 사라졌지만 당대의 뜨거운 문제를 다룬 비극 〈밀레토스의 함락〉은 관객들을 공포에 질리게 해 계단에서 모두 일어나게 했다. 그뿐인가. 비극 〈페르시아〉에 등장하는 그제르세스 왕이 그리스인이었다면, 모르긴 몰라도 연극을 보던 많은 이가 그 자리에서 기절을 했을 것이다. 신화는 묽어지고 대신 자아 예찬과 몽상이 자리 잡아버린 오이디푸스는 이제 다른 것이 되어버렸다. 오이디푸스가 비극이라는 분명한 사실을 20세기는 잊고 있었던 것이다.

지워져버린 오이디푸스

결국 무엇이 빠져버렸는지를 분명히 밝힐 필요가 있다. 정신분석이 오이디푸스 신화를 통째로 삼켜 무의식의 중심축으로 삼았던 반면, 현대적 비극에서의 오이디푸스는 역설적으로 오이니푸스로부터 멀어져가면서 완성된다.

소포클레스에게서 오이디푸스는 왕이었다. 아니, 베르나르 샤르트뢰Bernard Chartreux가 〈폭군 오이디푸스Œdipe-Tyran〉에서 해석하고 있듯 정치적 측면에서 보면 그는 명백히 폭군이다. 그리고 그리스의 상상력 속에서는 모든 사람이 왕이다. 폭군의 위치는, 아테네의 황금시대에 대해 당시 사람들이 어떤 생각을 갖고 있었는지를 정치적 용어로 보여주는 새로운 자료이다. 진부한 지적이겠지만 군주라고 하는 이 그리스적 개인은, 신들의 명령과 민주주의의 새로운 요구 사이에서 고통받는다. 그리고 우리는 오이디푸스에게서, 테바이를 정화시키기 위한 그의 유배로부터 아테네의 접경에 묻히는 최후의 순간까지 한 인간이 국가에 대해 바치는 헌신을 읽을 수 있다. 기원전 5세기 아테네에서 한 인간과 국가는 서로를 비극적 실체로 만든다. 이 대면은 그리스 문명의 성숙도를 반영한다. 이 문명은 절제된 도그마와 민주적 절대를 동시에 탄생시킨다.

그러나 20세기 후반인 지금은 차라리 도시가 그 도시에 사는 인간을 지배하고 있는 것은 아닌가? 도시나 그 도시에 사는 인간이나 모두 혼란스러워 정체를 파악할 수 없다. 현대사회에서 극작가들은 유명 비극작가가 되기 위해 자신들 스스로 작품의 비극적인 측면을 희석시키도록 강요하고 있지는 않은가?

현대가 오이디푸스를 점차 잊어가고 있는 것은, 보들레르가 〈파리의 우울Le Spleen de Paris〉(《악의 꽃》의 중요 주제들을 다시 다룬 50편의 짧은 산문시로 구성된 작품집—역주)에서 환기하고 있는 그 '거대한 도시의 번잡'에 어느 정도 기인한다. 이 거대한 도시에서 〈지우개Les Gommes〉(프랑스의 누보 로망 작가 알랭 로브-그리예의 1953년 작. 아버지로 추정되는 뒤퐁을 부지불식간에 살해한 형사 왈라스의 살인범 찾기가 기둥 줄거리이다—역주)의 로브-그리예Alain Robbe-Grillet나 〈시간표 L'Emploi du temps〉(1956년에 출간된 프랑스 누보 로망 작가 미셸 뷔토르의 소설. 미로와도 같은 한 도시와 분해된 시간 속에서 방황하는 인물을 따라가는 소설—역주)의 미셸 뷔토르Michel Butor는 모든 신화의 주인공, 특히 그 주인공들의 우두머리격인 오이디푸스를 사라지게 했다. 그리스의 작은 도시국가에서 오이디푸스는 비극적 몸짓으로 모든 사람의 시선을 자신에게 집중시켰다. 그러나 이 거대한 현대의 도시에서 세상의 모든 죄를 짊어졌다고 외치며, 자신만의 심연 속에 빠져 있는 한 개인이 할 수 있는 일이 무엇이었겠는가? 오이디푸스의 의도는 이제 너무 광범위한 것이 되어버렸다. 어떤 인간도 이 세상 모두를 끌어안을 만큼 넓은 시각을 지니고 있지는 못하다. 인간의 시야는 도시의 그물같이 얽힌 길과 구부러진 길로 경계가 나누어지는 구역을 넘어서지 못한다. 그리고 불행하게도 왕이 망명하자 페스트로부터 회복된 도시 테바이는, 2000년이 지난 후 병적으로 넓게 팽창되어 결국 독재자의 모습을 삼켜버리고 말 것이다. 건물 벽에 독재자를 그린 싸구려 채색화와 몽타주 사진 같은 초상화 들을 걸어놓고 조금은 그리워할 것을 각오하면서 말이다.

로브-그리예의 〈지우개〉에서도 겉으로 보아 전혀 공격적이지 않은 대학교수 다니엘 뒤퐁Daniel Dupont이 살해대상이 된다. 그러나 이 살인은 성공하지 못한다. 집행유예 중인 살인범이 뒤퐁을 살해하는 데 실패하고, 살인은 그다지 믿음직스럽지 않은 한 범죄조직에 의해 서둘러진다. 그 후 역시 믿음직스럽지 못하고 무언가가 부족한 듯한 경찰관 왈라스가 사건의 조사를 위해 파견된다. 한편 범죄조직에서는 또 다른 인물을 보내 뒤퐁을 제거하려 한다. 그러나 소용없는 일이었다. 극도의 아이로니컬한 속임수들과 혼란이 설정된 상황들로 인해 죽었다고 생각했던 뒤퐁을 왈라스가 죽이게 되는 것이다. 왈라스는 이 사람을 범죄 장소에 다시 나타난 살인자로 생각했던 것이다. 그러나 사실 다니엘 뒤퐁은 집으로 되돌아오고 있던 중이었다. 왈라스가 찾고 있던 그 오이디푸스는 말할 것도 없이 그 자신이다. 그리고 아버지를 죽인다는 사실에 모든 과오가 집중되어 있는 소포클레스의 비극과는 반대로, 아버지 살해를 텍스트의 줄거리로 삼으면서 책 읽기의 상호 텍스트적 즐거움le plaisir intertextuel du lecteur(기존의 작가들이 이미 써놓은 작품을 새롭게 해석하거나 패러디한 작품을 읽으면서 차이점들로부터 느껴지는 즐거움을 말한다. 문학이론가 쥬네트의 작업에서 나온 용어—역주)을 마지막에 가서 만족시킨다.

그러나 이 소설을 좀 더 자세히 따져보면, 그 자체로 이미 복잡하게 얽혀 있고 광적일 만큼 아이로니컬한 줄거리를 뺀다면, 오이디푸스는 도대체 어디에 있단 말인가? 마치 중심이 여러 개이고 원주가 없는 원처럼 완전히 분해된 소설, 내용은 신화라는 화산이 폭발하고 남은 재일 뿐이다. 신화는 사라지고 그 흔적과 징표, 상처와 자국만이 남아 있다. 가령, 커튼에는 '버려진 아이를 거두어 그 아이에게 양젖을 먹이는 목자들'을 나타내는 그림이 새겨져 있다. 또한 후에 한 책방에서 보게 된 우편엽서는 테바이시의 폐허를 묘사하고 있다. 어두운 색상의 작은 그림은 길들이 합쳐지는 지점에서 일어난 라이오스의 살인을 묘사하고 있다. 주인공이 살고 있는 카페에서는 약간 취한 단골손님이 '아침에는 아버지를 살해하고 점심에는 근친상간을 저지르며 저녁에는 장님이 되어버리는' 것이 무엇인가 하는 수수께끼에 대해 골똘히 생각하고 있다. 독자들은 너무도 쉽게 알아차릴 수 있으나 이야기의 주인공은 모르고 있는 운명에 대해 암시와 징표 들이 계속된다. 왈라스 자신도, 길을 따라 산책을 계속하다가 그의 조상 오이디푸스만큼이나 발이 부풀어오른다. 텍스트의 상호 관계상 명약관화한 여러 지표(그리고 단도직입적으로 말해, 눈을 멀게 하는 지표들)에 의해, 그리고 소설적 구성에 의해, 오이디푸스 전설의 비밀은 끊임없이 그 실체가 드러나고, 동시에 또 끊임없이 왜곡되고 있다.

로브-그리예가 쓴 오이디푸스라는 텍스트는 묘사된 그대로 비극과 추리소설이라는 두 측면을 갖고 있다. 그래서 텍스트의 의미를 두 가지로 분석해볼 수 있다. 하나는 인간의 한계를 벗어난 초월적 운명이며, 다른 하나는 우연의 황당무계한 연결이다. 이를 통해 로브-그리예는 숙명과 우연의 아이로니컬한 충돌을 비꼬면서 자신의 문학적 독창성을 살려내고 있다.

〈지우개〉에서 오이디푸스는 어디에 있는가? 〈읽으면서 쓰면서En lisant en écrivant〉의 작가 그라크Gracq가 글의 식별 부호로 무엇보다도 먼저 지적한 것, 즉 모호하면서도 동시에 무언가를 드러내는 간접적이지만 중요한 세부사항에 있는 것이다. 모든 문학과 글의 상징을 끊임없이 지우기 위해 닳아버린 그 많은 지우개와 그 많은 모호한 형체, 거기에 오이디푸스라는 이름마저도 포함된다. 왈라스가 찾고 있는 지우개에는 '디'라고 하는 음절, 즉 오이디푸스라는 숙명적 이름의 중간 음절인 '디'라는 음절이 새겨져 있다. 이 점을 염두에 두면 로브-그리예의 문학적 기획에는 금욕주의적이고 장엄한 무엇인가가 있다. 그것은 오이디푸스를 태워버리기 위한 장작더미인 동시에 그의 영광을 나타내주는 기념물이기도 한 것이다. 닫혀 있으나 꾸밈이 없는 구조, 소설이라는 밭에 오이디푸스라는 씨를 뿌리는 이 구조는 신화를 철저히 부숴버리지만, 동시에 그 신화의 영원히 신비로운 함축적 의미로 우리를 인도하고 있다.

오이디푸스에서 테세우스까지

미셸 뷔토르의 작품에서 오이디푸스 신화의 제거는 함축적이고 동시에 결정적인 것처럼 보인다. 왜냐하면 로브-그리예(이 사람은 신화를 제거하는 대신 그 대체물로 소설적인 것이 갖는 매력들을 제시했다)와는 달리 뷔토르는 테세우스의 신화를 오이디푸스의 신화로 슬며시 대체했기 때문이다. 〈시간표〉의 도입부에서 주인공 자크 르벨 Jacques Revel은 블레스톤 역에 도착한다. 그곳의 한 변호사 사무실에서 일 년간 일을 하기로 한 것이다. 하지만 그는 도착하자마자 시내에서 길을 잃고 호텔을 찾아 헤매다, 우연히 만난 한 부랑자와 길에서 잠을 자게 된다. 이 부랑자는 그의 또 다른 모습이기도 하다. 다시 말해 일 년 동안 지속될 도피생활을 상징하는 모습을 이 부랑자에게서 볼 수 있는 것이다. 길에서 그는 흔한 질문을 하나 던진다. 도시의 중심으로 들어가는 길을 묻는 것이다. 그리고 누군가 그에게 대답한다. 이는 현대의 소설이 시도하는 이야기의 초점 흐리기 기법으로 수수께끼 같은 대답이다. "중심이라면 어떤 의미로 하시는 말씀입니까?"

계속해서 자크 르벨은 〈블레스톤의 살인Le meurtre de Bleston〉이라는 추리소설에 의해 정신이 혼미해지게 된다. 이 소설과 더불어 그는 현실과 교신할 방도를 발견한다. 아니, 발견했다고 믿는다. 로브-그리예의 작품에서처럼 줄거리와 묘사는 살인교사, 복잡한 이중성 등 끊임없이 소포클레스의 오이디푸스를 환기시킨다. 해밀턴, 일명 조지 버튼에 의해 쓰여진 추리소설에서 첫 번째 살인은, 블레스톤 대성당의 스테인드글라스에 둘러싸여 일어나는 살인사건을 연상시킨다. 바로 카인에 의한 아벨의 살해를 생각나게 하는 것이다. 하지만 해밀턴의 소설에서는 "형사가 살인자 오이디푸스의 아들이다. 그가 수수께끼를 풀었을 뿐만 아니라 자신에게 이름을 지어준 사람을 죽이기 때문이다. 이 사람이 없었다면 그는 현재의 그가 될 수 없었다. 사실 이 살인은 그의 태생부터 운명 지워져 있었다. 평범한 사람이 지닌 것보다 훨씬 우월한 힘을 가지고 있는 그는 왕이, 바로 그 자신이 될 수 있었다"고 할 뿐이다.

또 다른 복잡한 이야기가 평행선을 그리며 전개된다. 아버지 살해와 더불어 형제 살해가 진행되며, 유대교와 기독교의 전통을 잇는 고대 문화 속 살인에 그리스 문화 속 살인이 이어진다. 그것은 피할 수 없는 필연이다. 우리는 이렇게 해서 비극과 소설을 이어주는 주제, 즉 살인이라는 주제가 새로운 방향으로 전개되기를 기다린다.

그런데, 뷔토르의 소설은 기존의 신화를 되풀이하고 있기는 하지만, 그것은 궁극적으로 그 신화를 파괴하여 독자들에게 신선한 충격을 주기 위해서일 뿐이다. 왜냐하면 사실 문제가 되는 단 하나의 살인사건, 즉 한 미지의 사내에 의한 조지 버튼의 살해는 실패하기 때문이다. 그리고 그 살인자의 신분은 밝혀지지 않는다. (사실 그것이 사고인지 살인인지조차 명확하지 않다.) 다시 말해서 〈블레스톤의 살인〉에서는 살인이 일어나지만 〈시간표〉에서는 살인이 일어나지 않는다. 자크 르벨은 현실에서는 일어나지 않는 미래의 살인을 상상하면서 시간을 보내고 있다.

이 소설에서 유일한 범죄자는, 범죄자이면서 동시에 희생자인 자크 르벨이다(이 이름은 신탁의 동의어인 레벨라시옹révélation을 상기시킨다). 그리고 그의 죄는 꽤나 끔찍하다. 그의 죄를 우리가 알게 되고 그 고통을 나누게 되면서 우리는 상당한 충격을 받게 된다. 사실 그는 다른 사람이 아닌 자신을 죽이고 있을 뿐이다. 그는 도시라는 세계에 의해 스스로를 파괴해가고 있는 것이다. 도시라는 세계는 매일매일 조금씩 사람을 죽이고 자살을 유도한다. 소설의 이야기 전개에 따라, 또 지옥 같은 감옥으로 그에게 끊임없이 닥쳐오는 시간에 따라 그는 자신을 죽인다. 그의 죄는 바로 망각이다. 그의 죄는 방심이고 태만이며, 그의 소극적 태도는 강박관념인 것이다. 자크 르벨은 증오하면서도 자신을 방황하게 만든 이 블레스톤이라는 도시에 바쳐진 희생자이다. 모든 저항(그 도시의 지도를 불태워버리는 주술적 행위)에도 불구하고 그는 도시라는 현대의 복잡한 괴물에 의해 통째로 삼켜지는 것이다.

따라서 자크 르벨은 오이디푸스가 아니다. 그는 테세우스다. 그리고 그가 실명하는 것은 우리 시대가 실명하는 것이다. 완만하지만 어김없고, 또 은밀하지만 도처에 있는 우리 시대가 경험하는 실명인 것이다. 그는 그가 좌지우지할 수 있는 두 여인 로즈Rose와 안느Anne, 잊혀진 아리안Ariane의 복제임에 분명한 두 인물 중 누구도 정복하지 않을 것이다. 그는 결국 사랑도 죄도 찾아내지 못할 것이다. 바로 이렇게 테세우스의 다른 모습인 르벨은 '실명함으로써 잃게 된 로즈'에 대해 후회하게 된다. 그러나 그의 시력을 앗아간 것은 바로 현대의 도시다.

그는 자신을 속임으로써 편집광이 되고, 시간표를 반드시 지키며, 무의미하게 쳇바퀴 도는 늦한 삶에 빠져든다. 그래서 그를 자신으로부터 소외시키는 모든 순간적인 강박관념 혹은 아이콘에 대한 강박관념을 따라가다 보면 독자는 필연적으로 희생자가 된다.

오이디푸스는 그의 아버지를 죽인다. 그리고 그렇게 함으로써 어머니의 죽음도 유발시킨다. 운명을 따라 행해지는 이 사건들은 운명의 대가인가, 아니면 자신의 욕망의 대가인가? 테세우스는 그의 아버지를 죽이고 약혼녀를 버린다. 모든 것을 다 잊기 위해……

20세기는 오이디푸스의 영역을 넓혀놓았다. 이 세기는 그 검은 구멍들을 거대한 미궁의 입구로 변화시켜놓았으며, 우리 모두는 이 미궁 안에 있다. 그리고 도시의 세분화된 도로망·정보망 따위에 의해 끝없이 표류하고 있는 우리는, 모두 어느 정도는 테세우스화되고 있는 '오이디푸스들'이다. 오이디푸스는 사랑하는 이오카스테를 잃는다. 그녀가 목을 매기 때문이다. 테세우스와 마찬가지로 우리의 욕망은 우리를 아리안에게 향하게 한다. 그러나 우리는 그녀를 단번에 저버리고, 또 완전히 그리고 쉽게 잊어버린다. 이러한 행동들 앞에서는 무의식마저도 입을 벌린 채 멍하니 있을 수밖에 없다. 로브-그리예는 누보 로망이 절정에 있던 시절 〈뉴욕 혁명 계획Projet pour une révolution à New York〉에서 다음과 같이 천명했다. "신이 내린 것 같이 공고한 질서(부르주아 사회)가 무너지고, 또 합리주의자들의 질서(관료적 사회주의)가 무너진 후, 유희적인 조직만이 존재 가능하다는 사실을 이해해야 한다. 사랑은 놀이가 되었고, 시도 놀이가 되었으며, 삶도 놀이가 될 것임에 틀림없다."

인간은 자신에 대한 도시의 영향력이 강해질수록 유희적인 유토피아의 한계를 자세히 이야기하게 된다. 왜냐하면 스스로 유희적이 되기 위해서 인간은 자신이 창조해낸 문명의 장난감이 되어버리기 때문이다. 그리고 우리의 연극무대에 오이디푸스 신화가 되돌아오고 있는 것을 보며, 우리는 디디에-조르주 가빌리의 최근 프레스코화 〈시대의 사냥감Gibiers du temps〉에서 테세우스의 방랑을 생각하게 된다. 현대인은 이 신화로부터 완전히 자유롭지는 못할 것이다. 가빌리의 최근 작품들은 그리스 신화의 지옥 속으로 다시 뛰어들고 있으며, 위대한 희생적 발걸음을 다시 묘사하며 현대의 야만성에 대항하여 새로운 길을 닦아나간다. 이와 달리 로브-그리예는 문학적 신념에 따라 오이디푸스 신화 속에 신앙도, 이념도 영원히 독차지할 수 없는 어떤 한 절대적 형식이 있음을 말하고 있다. 그것의 외형적 실체는 현대의 사상과 예술의 영원한 지표다.

현대문명은 콜로노스에서 오이디푸스가 남긴 위대한 유언에 대해 경의를 표해왔다. 살해당한 후 아테네 변경에 기꺼이 묻힌 절대군주 오이디푸스는 테세우스에게, 그리스를 상징하는 도시를 다스리는 데 필요한 지혜와 유연함을 가르쳐주었다. 오늘날 아테네는 LA 같은 큰 도시가 되었다. 그리고 테세우스는 정말 모호한 존재가 되었다. 오이디푸스라는 독재자에서 테세우스라는 현대적 인간으로의 변화는 발전인가, 아니면 퇴보인가? 우리는 앞으로 얼마나 많은 시간을 테세우스의 상징 아래서 살아나가야 하는 것인가? 도시들은 섬세하지만 점점 힘을 잃어가는 이 훌륭한 지도자의 영향력을 약화시키지 않았는가? 〈시간표〉에서 뷔토르가 "저 멀리 아테네가 불타고 있는 동안, 스퀴로스에서 죽은 테세우스의 망명"을 환기시키고 있을 때, 작가는 테세우스가 오이디푸스의 불타버린 재로부터 탄생했다는 점을 말하고 있었다. 그러면 테세우스의 재로부터는 누가 나올 것인가?

오이디푸스와 연극

오이디푸스는 연극의 주인공이다. 오늘날 햄릿이 오이디푸스의 자리를 대신하고 있는 듯이 보이는 상황에서 우리는 이 사실을 환기할 필요가 있다. 전체적으로 보면 이 덴마크의 왕자는 실제로 멍든 발을 절뚝거렸던 고아 오이디푸스의 삼각관계를 그대로 반복하고 있다. 오이디푸스 전설 중에서 아버지의 역할이 삼촌이며 위선자인 의붓아버지로 바뀐 상황에서, 햄릿은 오이디푸스를 이상적으로 흉내내고 있다. 그 유사성은 명백하면서도 모호하고, 동시에 분명하면서도 다의적인 모습으로 나타난다. 햄릿은 변형된 모습이기는 하지만 오이디푸스라는 존재를 다시 재현하고 있는 것이다. 햄릿의 망설임(햄릿은 의심을 거둘 수 없는 인물이다. 의심이 만들어낸 인물이기 때문이다. 그는 삼촌을 의심할 뿐만 아니라 복수의 필요성과, 나아가 자신의 존재와 행동 자체를 의심한다)은 정신분석 이야기를 들으면서 자라고, 따라서 의심을 떨쳐버리지 못하는 현대판 오이디푸스들인 우리로 하여금, 우리 자신의 것이기도 한 이중성을 마음껏 펼쳐보이게 할 뿐 아니라, 동시에 어둠 속에 묻힌 오이디푸스와 대화하도록 인도한다. 우리 역시 햄릿처럼 어머니를 앗아간 삼촌을 죽이고 싶어하면서도 삼촌의 자리를 차지하려고 한다. 이 이중성과 함께 오이디푸스를 다시 만나는 것이다. 왜냐하면 대살육으로 막이 내리는 셰익스피어의 극은 사실은 그리스 비극 오이디푸스를 전체적으로 재현한 것이기 때문이다. 몸을 누인 채 죽어가면서 햄릿은 말한다. "이제 침묵만 남았다." 살인은 저질러졌다. 하지만 오랫동안 미루어졌던 살인의 깊은 비밀이 드러난 것은 아니다. 오이디푸스의 삼각형은 넘을 수 없는 장애물처럼 그대로 남아 있는 것이다. "결코 변화하지 않는 무의식 속의 오이디푸스"가 구현해내는 것은 바로 이 이중성, 다시 말해 깊이 숨어 있는 욕망과 겉으로 드러난 행위의 이중성인 것이다.

파트리스 셰로Patrice Chéreau의 훌륭한 연출에 의한 두 종류의 장면을 통해, 햄릿은 삼촌 클로디어스Claudius와 어머니 거트루드Gertrud의 무릎에 머리를 대고 오이디푸스의 삼각구도 형태로 자고 싶은 욕구를 표현한다. 그러고는 갑자기 몸을 일으킨다. 정신분석에서 욕망은 나누어 가질 수 없는 것이다. 이 광대 놀이 장면은 연극 속의 연극으로서 앞으로 전개될 극과 테바이의 오이디푸스를 예고하고 있다. 연극 속의 연극일 뿐이지만, 광대의 가면 밑에는 오이디푸스라는 존재가 숨어 있는 것이다.

시대가 변했으니 연출도 변해야 했다. 오이디푸스의 비극적 요소를 망각함으로써, 비테즈Vitez, 베송Besson, 라보당Lavaudant, 셰로 등의 모든 이름 있는 연출가는 작품의 여기저기에서 그들 나름대로의 햄릿을 만들어내는 잘못을 저지르고 있다. 메기시Mesguich는 햄릿을 세 번째로 무대에 올렸는데 십 년마다 한 번씩 연출한 셈이다. 브룩크Brook도 역시 햄릿에 대해 연구를 계속하고 있다. 로베르 르파쥐Robert Lepage는 덴마크의 항구도시 헬싱외르의 모든 인물을 무대에서 연기하고 있다.

따라서 오이디푸스는 햄릿에 슬그머니 스며든다. 그것도 자신에게 영광을 가져다준 무의식이라는 가면을 쓴 채. 우리에게 오이디푸스는 정신분석을 통해 전달된 한 외로운 영혼의 드라마다. 그러나 20세기는 오레스테스와 엘렉트라의 전투와 고문의 장이 아닌가? 예를 들어 비테즈에 의해 연출된 소포클레스의 〈엘렉트라〉는 보다 직접적인 정치적 신화로 다가오는 반면 오이디푸스는 특별한 모습으로, 심지어 정신분열자의 모습으로만 볼 수 있을 뿐이다(프로이트의 오이디푸스 콤플렉스에 대해 융이 소개한 엘렉트라 콤플렉스는 계속 논의의 대상이 되지 못했음을 상기할 필요가 있다).

그리스 비극은 두 가문, 라브다코스 가문과 아트리데스 가문이 나누어 지배하고 있었다. 오이디푸스를 처음으로 무대에 올려놓은 것은 아트리데스 가문이다. 아트리데스 가문은 20세기가 자신들의 역사와 역사 일반에 관해 제기한 큰 소송에 라브다코스 가문보다 훨씬 자연스럽게 참여했다. 반면 오이디푸스는 예외적인 경우로 남아 있었고, 후예들의 숨통을 막았다. 그의 후예들은 여러 측면에서 정치적인 에테오클레스와 폴뤼네이케스의 결투로 인해 현대의 연극 무대에는 오르지 못했다.

다시 한 번 오이디푸스의 이야기를 다른 인물의 이야기로 마무리 짓기 위해 피터 스타인Peter Stein의 아이스퀼로스의 〈오레스테이아〉의 유명한 연출을 환기해보자. 그리스 디오뉘소스 축제에 설치된 극장의 넓은 공간을 고려한 무대연출로 그리스 비극을 통해 이야기되고 있는 것은 바로 우리 자신의 역사다. 그것은 우리의 눈앞에서 현란한 속도로 재현되는 서구 역사의 발자취인 것이다. 〈아가멤논〉에서 클뤼타임네스트라와 아이기스토스는 아가멤논을 암살한다. 그리고 폭정이 이어진다. 오레스테스와 엘렉트라는 〈코이포로이〉에서 클뤼타임네스트라를 암살한다. 그리고 이 행위는 혁명이 된다. 〈에우메니데스〉에서 아레이오스 파고스 재판소는 오레스테스를 용서하는데, 이것이 민주주의가 된다. 재미있는 현상이다. 스타인은 오레스테스의 앞잡이들의 얼굴에 불안의 그림자를 드리우게 함으로써 이런 결정론적 시각을 교묘하게 비튼다. 아폴론이 항상 자신을 배신하는 예술가로 나타나는 반면, 무대에 장치된 줄을 타고 내려오는 '해결의 여신' 아테나는 텔레비전의 오락 프로그램의 요란스러운 옷차림을 한 여자 사회자의 모습으로 나타난다. 여신이 이 민주주의를 이야기하는 쇼에서 말을 하는 순간 민주주의는 살아난다. 그러나 동시에 민주주의는 여신이 내세우는 방송국풍의 이런 분위기에 의해 독살당한다. 이 대하 드라마는 끔찍하고 끝이 없는 다음과 같은 이미지로 끝난다. 선거라는 행위에 굳어져버린 아레이오스 파고스의 한 재판관의 이미지가 그것인데, 불평에 가득 찬 늙은이들이 고통을 받으면서도 민주주의의 아성을 지키려 하고 있을 때, 그는 투표함에다 끝도 없이 돌멩이를 집어넣고 있는 것이다.

폭군 오이디푸스는 개인이나 집단과의 결합을 자신의 모습에 정확히 투영할 능력이 없다. 폭군 오이디푸스는 죽음의 수용소나 공산주의의 몰락과 같은 문제들이 제기하는, 즉 개인과 집단이 맞부딪치는 드라마를 자신의 이미지를 통해 구현해내지 못한다. 대신 그의 이미지에서는 민주주의가 그 어느 체제보다 나쁜 최악의 체제라는 확신을 강하게 풍기면서도 민주주의가 도출된다. 이렇게 도출된 민주주의란 겁먹고 때 늦은 민주주의일 뿐이다. 이 민주주의는 강력한 야만적 충동들을 갖고 있는 민주주의이기도 하다.

오이디푸스는 후벼 판 두 눈과 마지막의 체념하는 모습을 볼 때 대중매체에는 어울리지 않는 인물이다. 그리고 근본적으로 정치적이지도 못하다. 하지만 장-피에르 뱅상Jean-Pierre Vincent 과 베르나르 샤르트뢰가 상상해낸 3막극 〈오이디푸스와 새들Œdipe et les Oiseaux〉에는 소포클레스와 아리스토파네스 이후 가장 정치적인 의도가 담겨 있다. 이 작품은 처음에는 오이디푸스를 민중과 대화하기 위해 노력하며, 대화하던 중 실수로 덫에 걸려드는 성실한 정치가로 묘사하고 있다. 아주 교활하고 속을 보이지 않는 정치가 테세우스가 〈콜로노스의 오이디푸스〉에서는 당연히 오이디푸스를 대체한다. 그는 오이디푸스가 희화화된 경찰의 모습(어쩌면 마피아적인 모습)으로 나타났다. 그러나 동시에 페이소스의 부재나 일상적인 문제를 언급하는 코러스 등은 분명 연극의 비극적인 면을 잃게 하는 요소들이다.

햄릿을 거치든 혹은 아트리데스 가문의 영웅들을 거치든 20세기 들어 비극이 크게 유행했지만, 이 흐름은 중심인물이 아닌 아웃사이더들을 다루었다. 좀 더 학술적으로 말하면 티탄들을 다루었다. 하이너 뮐러는 외톨이가 된 영웅들이나 정신분열 상태의 티탄들에게서 작품의 영감을 얻었다. 프로이트의 정신분석이

독점하다시피 한 오이디푸스와 달리, 프로메테우스, 필록테테스, 메데이아는 죄를 짓고 벌을 받은 이래, 강렬한 정치적 폭력과 신비감이 어우러진 분위기를 간직하고 있다. 이 점에 있어 뮐러의 연극세계를 대표하는 작품은 엘리자베스 시대의 왕권 찬탈자 이야기를 다룬 〈햄릿-기계〉라고 할 수 있다. 왜냐하면 간략하면서도 다의적인 의미를 지닌 이 작품이 겨냥하는 것이 다름 아닌 바로, 한 개인의 역사의식의 비극적 측면이기 때문이다. 콤플렉스 문제에 국한된 오이디푸스의 드라마는 개인과 역사의 이 선명한 대비를 표현하기에는 역부족이었다.

파솔리니 혹은 오이디푸스의 현대성: 정신분석과 마르크스주의의 사이에서

우리는 오이디푸스의 현대성을 환부를 적출한 빈 공간을 다시 다루려는 창작자들에게서 발견해낼 수 있다. 그들은 오이디푸스 신화를 왜곡하거나 패러디하기 위해서가 아니라, 독창성을 가지고 비극적 페이소스라고 하는 큰 짐을 다시 한 번 짊어지기 위해 오이디푸스 이야기를 재구성하고 있다.

    이들이 오이디푸스의 불행과 피 흘리는 비극적 사건들을 다시 다루고 있음은 물론이다. 양차 대전을 겪으면서 포로수용소의 공포의 강을 건너며 역사의 흐름은 진행되었다. 요컨대 모더니즘에서 포스트모더니즘으로의 전이가 있었던 것이다. 작가들은 무의식적으로, 때론 고의적으로 오이디푸스가 불러일으키는 공포를 역사상 유례없는 쇼아(죽음을 뜻하는 히브리어로 2차 대전 당시의 유대인 학살을 지칭함—역주)의 대재앙에 연결시킨다. 전쟁의 끔찍함을 통해 오이디푸스의 신화를 해석한 작업은 그 신화에 대한 새로운 접근을 가능케 했다. 고대 전설의 모델이었던 오이디푸스는, 정도의 차이는 있지만 프로이트 학설에 의해 재평가된 인간 영혼의 심연들을 탐험하는 데 사용되고 있다. 무의식의 오이디푸스 또는 학살자 오이디푸스의 모습으로 비치는 이 테바이 왕의 모습은, 갑작스레 초현실주의와 지드식의 비평의 유희들로부터 탈피한다. 다시 말해 오이디푸스의 해석은 현대의 가장 중요한 두 개의 상상적 체계, 즉 정신분석과 마르크스주의 쪽으로 방향을 튼다.

〈오이디푸스 왕〉에서 정신분석과 마르크스주의가 서로 거울을 보듯이 마주치는 순간을 뛰어난 날카로움으로 그려낸 사람이 바로 파솔리니Pasolini이다. 이 영화는 그리스 우화를 팽개쳐버린다. 오이디푸스의 야릇한 현대판 버전인 이 영화의 프롤로그와 에필로그는 별도의 무대장치 없이 야외에서 촬영되었다(모로코에서 촬영되었다). 오이디푸스는 요람에 있는 아기이고, 어머니는 깊은 생각에 잠겨 그를 걱정스러운 눈빛으로 바라보고 있다. 파솔리니는 오이디푸스 원전의 이미지를 그려내며 무의식이라는 개념에 대해 자신이 진 빛을 갚는다(빈정거림이 없는 것은 아니지만, 파솔리니는 프로이트의 이론을 잘 알고 있었다). 에필로그에서 그리스 사자

와 오이디푸스가 신으로부터 버림받은(오늘날이라면 '제명당한' 이라고
해야 할) 방랑자의 복장으로 현대의 이탈리아 거리를 헤매다 구걸
을 한다. 오이디푸스는 생각에 잠긴 채 교회 앞 광장에서 플루트
를 불고 있다. 거지가 된 음유시인의 모습을 하고 있는 그의 시선
은 풀어져 있다. 공포에 질려 얼이 빠진 듯한 이 상태는 동시에
집 없는 천사의 모습이다. 그리고 어머니와 아버지가 들고 있는
등불의 불꽃에 가려져 보이지 않는 요람으로 뛰어드는 모습은,
시간이 어지러울 만큼 빠르고 환상적인 속도로 거꾸로 돌아가고
있는 것처럼 보인다. 이렇듯 이야기의 중심을 이루고 있는 그리
스 신화는 탄생과 방랑의 이미지 사이에 끼어들고, 군데군데 폭
력성이 나타난다. 고대의 우화는 끔찍하리만치 상세히 묘사되고,
비극적 장면들로 충격을 준다. 태양 아래서 피살당하는 라이오스
의 죽음의 광적인 폭력성, 차갑지만 그 역시 분명 폭력인 이오카
스테와의 성교 등.

　　그러나 이렇듯 그리스 비극이 찬란하게 재구성되었음에
도 작품 곳곳에서 다음과 같은 씁쓸한 교훈을 남기고 있는 것 또
한 사실이다. 광장에서 방황하는 사람들인 현대인들은 산업사회
와의 단절 속에서 살도록 운명 지어졌고, 영원히 소외되어 있는
존재들이다. 그리고 그들의 방황하는 의식과 사라져버린 어린 시
절 사이에 놀라운 폭력과 미혹으로 점철된 그리스 신화가 끼어든
다. 그러나 신화 중 가장 유명한 이 신화는 현대인들에게는 아무
런 의미가 없다. 슬프고 억눌린 어린 시절 속에서도, 너무나 끔찍

한 장면이 많아 혼이 빠지는 이 신화 속에서도, 플루트를 부는 지성인의 찢겨진 의식은 바로 그런 유의 사람들(결국 포스트모던 시대에 사는 모든 인간)에 의해서만 이해될 수 있다.

파솔리니는 자신의 영화에서 마르크스적 분석과 정신분석학적 언어를 동원하여 두 체제로 하여금 서로의 속임수를 비난하게 한다. 즉 마르크시스트들이 '부르주아의 연옥'이라고 비난한 그곳에도 어린 시절의 의식은 끈적끈적하게 들러붙어 있고, 정신분석이 어린 시절의 살인 이야기를 들먹이지만 인간이 그 이야기를 기억하지 못하는 한 근거 없는 이야기일 뿐이라고 마르크스주의는 비난하는 것이다. 그래서 영화는 회의적인 의식, 즉 현대에 사는 음유시인의 의식을 제안한다. 파솔리니의 영화는 20세기에 탄생한 가장 위대한 오이디푸스 비극임에 틀림없다. 영화는 현대 정신분석의 결정론과 마르크스주의자들의 신탁을 서로 비난하게 하지만, 그럼으로써 현대인들의 찢겨지고, 노이로제에 걸린 듯한 의식 속에 침윤되어 있는 오이디푸스 이야기의 어쩔 수 없는 필연성을 말하고 있다. 따라서 파솔리니는 하나의 불가능한 오이디푸스를 무대에 올린 것일 수 있다. 혹은 오이디푸스가 하나의 불가능함 그 자체인지도 모른다. 그리스의 비극들에서 빌려온 휑하니 구멍 뚫린 두 눈의 깊은 어둠은 이제 파솔리니에 와서, 피는 멈추었지만 무서울 정도로 더 깊어만 진다. 바로 이 심연과도 같은 텅 비어 있는 두 눈이야말로 그 어떤 파토스보다 더 비장한 파토스일 것이다.

파솔리니는 영화를 만들면서 시인으로서 당대의 지식들을 이것저것 섞어놓았다. 그는 오이디푸스와 우리의 관계를 규정했다. 이 규정에 따르면 우리는 눈이 멀어 오이디푸스를 못 본다는 것이다. 스타로빈스키가 그의 저서 〈비평적 관계〉에서 한 개의 장을 할애해 "오이디푸스와 햄릿"을 말하며 지적했듯, "오이디푸스 뒤에는 아무것도 없다. 왜냐하면 오이디푸스는 깊이 그 자체이기 때문이다".

오이디푸스 콤플렉스

제라르 포미에Gérard Pommier

오이디푸스는 이미 그가 살아 있을 때부터 좋은 평판을 받지 못했다. 하지만 오이디푸스가 언제나 영웅의 아우라aura를 가질 수 있었던 것은, 아웃사이더나 따돌림을 당하는 인물들이 종종 영웅시되곤 하는 오늘날의 관점에서 보면, 나쁜 사내아이 같은 행동 방식이 그에게 가져다준 바로 이 좋지 못한 평판 때문이었다. 그런데 만일 우리가 태어나기도 전에 이미 온몸에 저주를 받아 아버지를 죽이고 왕이 된 이 살인자에게서 우리 스스로의 모습을 보지 못했다면, 과연 이 영웅의 운명은 어떻게 되었을까? 어쩌면 그의 운명은 아무도 눈여겨보지 않는 지극히 평범한 것이 되었을지도 모른다. 하지만 오늘날 그의 운명은 평범한 것이 아니라 그보다 더 형편없는 것이 되어버렸다. 이제 오이디푸스는 누구나 입버릇처럼 말하는 어처구니없을 정도로 공허한 콤플렉스라는 단어와 늘 붙어다녀야만 하게 된 것이다. 아들에게 엄마와 사랑하지 말라고 하는 아버지는 아마도 많은 사람에게 코웃음을 치게 할지도 모른다. 누구나 어린 시절에 홍역을 치르듯이 오이디푸스를 '치른다'는 것이다. 무의식의 욕망을 거쳐간다는 것은 오늘날 정상인이 되기 위해서 반드시 겪어야 할 일로 인식되고 있다. 살아 있을 당시엔 아무도 오이디푸스를 알아주지 않았지만, 역설적이게도 모든 것을 다 빼앗긴 힘없는 왕이 되자, 그때에야 비로소 오이디푸스는 스타가 된 것이다.

프로이트가 어느 날 문득 오이디푸스를 생각해낸 것이 아니다. 모든 것은 조금씩 조금씩 천천히 이루어졌다. '오이디푸스 콤플렉스'라는 말은 1910년이 되어서야 그의 글에 처음 등장한다. 하지만 프로이트는 이미 1897년 10월 15일 친구 플리에스 Fliess에게 쓴 편지에서 이 말을 사용하고 있다. "오이디푸스 왕의 그 막강한 영향력을 이제 나는 알 수 있네. (중략) 그리스 신화는 무엇보다 우리 각자가 가슴속에 간직하고 있는 충동을 강조한 것일세. 우리 모두는 이 욕망의 흔적을 자신에게서 알아볼 수 있다네."

이후 프로이트의 발견은 보편적인 것이 되었다. 하지만 어둠 속에서는 많은 일을 행하는 콤플렉스도 밝은 빛을 쬐면 죽게 된다. 정말로 그렇지 않은가? 아무도 이 콤플렉스에 주목하지 않을 때에도 콤플렉스가 유용성을 지닐 수 있었을 것인가 하는 의문이 들기 때문이다. 하지만 이러한 모든 것에도 불구하고 오이디푸스 콤플렉스는 여전히 위력을 발휘하고 있다. 진정한 의미의 오이디푸스 콤플렉스는 흔히 생각하는 것과는 전혀 다른 것이며, 힘든 과정을 거치며 콤플렉스의 다양한 표출을 목격한 환자들은 놀라움을 금치 못하고 있다. 이들의 놀라움은 한편으론 콤플렉스의 단순성에서도 유래한다. 콤플렉스는 너무나도 단순해서 바라보자마자 시야에서 벗어나버릴 정도다. 태어나자마자 죽는다고 해도 지나친 말이 아니다. 누구나 다 이야기하기 때문에 오이디푸스 콤플렉스는 이미 죽은 것이 되었지만, 진정한 콤플렉스는 여전히 각자의 가슴 깊은 곳에서 다시 태어나는 것이다.

'콤플렉스'의 종류와 진행과정

오이디푸스를 '콤플렉스'라는 말과 떨어뜨려놓고 생각할 수는 없다. 그리고 복합적이라는 측면에서 보면 콤플렉스라는 말은 매우 적절한 말이기도 하다. 프로이트가 특이한 개인의 정신적 구조를 분석할 때나, 신화, 종교, 이데올로기 등 전반적인 문화의 구조를 분석할 때 오이디푸스 콤플렉스를 구조의 핵심으로 파악한 것은 바로 이 복합적 성격 때문이었다. 앞서 나쁜 사내아이 이야기를 했지만 이 이야기는 프로이트가 쓴 〈문명 속의 불만Das Unbehagen in der Kultur〉에도 적용될 수 있으며, 마찬가지로 문명의 모든 산물은 나쁜 사내아이로부터 기원한 것이다. 즉 '종교, 윤리,

사회, 예술의 기원'은 모두 오이디푸스에게서 발원한 것이다. 믿기지 않을 정도로 한 인물에게 너무나도 과도한 책임이 부과된 것이다. '신경증 환자의 핵심'이자, 우리 모두가 부인함에도 불구하고 우리를 움직이는 어린아이의 욕망의 핵이기도 한 오이디푸스 콤플렉스는, 이렇게 다양한 기능을 수행하고 있는 것이다. 하지만 그 기원은 어린 시절에 있다. "무의식은 바로 우리 가슴속에 있는 어린아이", 그것인 것이다.

콤플렉스라는 말이 이 모든 복합적인 과정을 다 지칭한다고 생각하면 그것은 성급한 일이다. 이 말은 복합성이라는 뜻 이외의 것을 함축하고 있기 때문이다. 오이디푸스의 이야기를 보면 이 점은 확실해진다. 하지만 오이디푸스 이야기가 들려주는 것은 결국은 하나의 수수께끼이지 않을까? 신탁은 테바이의 왕에게 그의 아들이 아버지를 죽이고 어머니와 결혼할 것이라고 일러준다. 왕이 갓 태어난 아들을 버리는 데는 이 끔찍한 예언으로 충분했다. 이때 아들을 버린 아버지는 거세 콤플렉스에 등장하는 살인자로서의 아버지와 다른 것이었을까? 그런데 오이디푸스의 이야기 속에는 또 다른 모습의 아버지가 등장한다. 즉 코린토스의 왕으로서 오이디푸스를 양자로 받아들인 아버지가 그 사람인데, 이 아버지는 첫 번째 아버지와 반대편에 있다. 그는 오이디푸스를 받아들였고 치료해주었으며 키웠다. 이 이야기는 자신의 기원이 자신을 키워준 부모에게 있는 것이 아니라 어디 다른 곳에 있다고 믿는 신경증 환자의 상투적인 환상의 전형적인 한 예임에 틀림없다. 테세우스, 로물루스, 헤라클레스, 페르세우스, 이아손, 디오뉘소스, 요셉, 모세, 로빈 후드 그리고 수많은 영웅을 둘러싼 이야기들 속에서 끊임없이 오이디푸스의 이야기가 반복되고 있다. 모든 인물이 친부모로부터 버림받아 다른 부모에 의해 성장하게 되는 것이다. 훗날 이들은 사회적으로 굉장한 자리에 올라 복수를 하게 되며 영광을 누리게 된다. 수많은 전설이 반복되는 동일한 구조를 보여준다면 이는 아버지가 거세의 이미지이며, 친부의 이름이 아닌 다른 아버지의 이름을 갖게 되는 것도 상징적인 거세의 이미지가 아닐까? 아버지로부터 죽음의 위협을 받은 영웅들은 끝내는 버림받고(이것은 아버지에 대한 살해행위의 역투사이다) 다른 아버지의 손에 의해 성장한다(다른 이름을 소유함으로써 자기를 낳은 아버지의 권위를 상징적으로 존중한다).

하지만 그리스 영웅은 과연 우리의 설명대로 움직였을까? 처음 코린토스에서 모든 것은 오이디푸스를 위한 축복처럼 보였다. 하지만 시간이 흐를수록 그는 델포이 신탁을 피해보려 하다가 오히려 그의 운명을 따라간다. 오이디푸스는 어느 네거리에서 우연히 마주친 라이오스를 살해하게 된다(프로이트는 훗날 이 이름 모를 낯선 사나이를 최초의 아버지의 형상으로 간주한다). 아버지를 이긴 아들은 테바이를 황폐화시키던 스핑크스의 수수께끼를 풀고, 그 대가로 어머니인 이오카스테와 결혼을 하게 됨으로써, 마침내 라이오스를 이어 왕이 된다. 한편 우리의 영웅이 비밀을 알기 위해서는 마을을 휩쓰는 페스트가 있어야만 했다. 이 자아탐구를 행하는 동안 진실이 드러나고, 그 진실이란 원치 않았지만 실현되고 만 신탁의 예언에 다름 아니다. 친부 살해의 사라져버린 흔적이 드러내줄 진실은 오이디푸스의 눈을 멀게 한다. 그는 외친다. "이 오래된 죄악의 흔적은 거의 다 지워졌구나. 어디서 흔적을 되찾을 것인가?"

테바이에 불어닥친 전염병으로 인해 진실이 드러난다. 진실과 페스트의 관계는 정신분석과 개인과의 관계뿐만 아니라 프로이트가 〈문명 속의 불만〉에서 언급했던 문명과 정신분석과의 관계와도 유사하다. 벗어날 수 없는 운명에 대한 인식을 프로이트는 친구에게 보낸 편지 속에서 다음과 같이 요약한 바 있다. "관객은 모두 자신의 환상 속에서 한 사람의 오이디푸스였네. 그렇기 때문에 자신의 먼 옛날의 꿈이 현실에서 실현되는 것을 보자 모두들 몸을 떠는 것일세. 어린 시절과 현 상태를 구별하는 억압의 정도에 따라 공포는 달라질 것일세."

이것은 시작에 불과했다. 프로이트는 훗날 이런 운명의 힘에 대해 더 많은 것을 밝혀내게 된다. 〈마조히즘의 경제적 문제 Das Ökonomishe Problem des Masochismus〉에서 프로이트는 다음과 같이 결론짓는다. "부모들에게서 시작된 이 과정의 마지막은 오직 극소수의 사람만이 그 보편성을 인식해낼 수 있는 운명의 음산한 힘, 그 자체이다."

모든 사람이 알고 있는 대로 요약해본 오이디푸스 이야기에서 오이디푸스를 신화적 인물로 만들어준 어떤 신비한 것을 발견하기는 힘들지도 모른다. 오이디푸스는 그 진실로 인해 우리들의 눈을 찌른다. 그래서 우리는 그를 정확히 볼 수 없는 것이다. 오이디푸스는 서로 다른 역할을 하는 두 아버지가 있었고, 서로 다른 차원에 속해 있는 아버지들은 아버지가 무엇인가라는 풀 수 없는 문제를 우리에게 제기하고 있는 것이다. (익명의 거세자로서) 아버지는 살인자인가? 아니면, 우리에게 죽음의 상징화된 형태인 자신의 이름을 물려주면서 우리를 키워준 자인가?(아버지의 이름은 아버지가 죽어도 아들의 이름을 통해 전승된다. 아들이 물려받은 아버지의 이름 속에는 그래서 아버지만이 아니라 죽음이 들어와 있는 것이다. 아버지가 생존해 있을 동안에도 아버지의 이름은 아들의 이름 속에 들어와 있지만, 이름이 아버지를 대신하는 것은 아버지가 죽은 후 아들 속에 들어와 있는 아버지의 이름을 통해서이다. 이름이 죽음의 상징화된 형태라는 말은 이런 뜻으로 이해할 수 있다. 반면 자신을 키워준 아버지를 진정한 아버지로 여기기 못하는 경우 아버지의 이름은 영원히 허위로 드러날 것이고, 이때 진정한 아버지를 찾아야 한다는 욕망은 강박관념으로 변할 수 있다. 광신도들의 이해 못할 행동은 상징과 실체(언어와 물질) 혹은 환상과 현실의 혼동으로부터 유래한다. 하지만 비극은 세계가 물질과 실체, 현실로만 이루어져 있지 않다는 데에 있다—역주)

이 두 인간형이 모두 아버지일 수 있다면, 병적인 징후를 통해서 갈등을 나타내거나 종교의 형태를 통해 모종의 해결책을 찾지 않는 한 어떻게 이 두 아버지를 동시에 받아들일 수 있을 것인가?

'콤플렉스'는 언어적 사실일 뿐이다

오이디푸스 콤플렉스를 몇 마디 말로 요약하자면 금지된 어머니와의 근친상간으로 요약할 수밖에 없을 것이다. 이 금지로부터 자연과 구별된 문명의 모든 것이 유래한다. 레비-스트로스가 〈친족관계의 기본구조Les Structures élémentaires de la parenté〉에서 말한 바 있듯이, 여러 문명권에서 다양한 형태로 금지하고 있는 근친상간에서 문제가 되는 것은, 결정된 규범 그 자체가 아니라 규범을 필요로 하는 어쩔 수 없는 상황이다. 친족관계에 관련된 각종 제약과 아버지의 이름으로 가해지는 제약들은 모두 이 금지로부터 유래한다. 금지가 성립되려면 아버지가 아버지의 이름으로 명명되어야만 하기 때문이다. 만일 아버지가 그의 이름으로 명명되지 않는다면 아버지로 인식될 수 없을 뿐만 아니라, 친족관계의 질서와 각 구성원들의 위치도 구분해낼 수 없게 된다. 따라서 아버지에게 이름을 부여하는 언어적 행위는 금지 행위 그 자체인 것이다.

언어의 질서는 언어의 명령이며, 언어의 이런 특수성을 고려한 라캉은 오이디푸스 신화를 상징적 결정 단계로 보았다. "우리는 경험 전체를 해석하기 위해 늘 오이디푸스 콤플렉스를 동원하고 있다. 이런 오이디푸스 콤플렉스라면 얼마든지 말할 수 있다. 그것은 동시에 정신분석이 주관성에 부여하는 한계이기도 하다. (중략) 따라서 근본적인 법은 관계를 조정하면서 문화의 규범들을 성교라고 하는 자연의 법칙과 중첩시키는 것이다.

(중략) 이 법은 충분히 언어의 질서와 동일한 것으로 간주될 수 있다."

근친상간의 금지는 익명의 인물에 의해서도 공포될 수 있다. 요컨대, 어머니를 향유하는 것을 금지하는 자가 반드시 상징적인 아버지일 필요는 없는 것이다. 어머니가 원하는 자이면 그럴 수 있는 것이다. 하지만 한 가지가 더 필요하다. 현실에서 자신이 원하는 욕망을 실현시킬 수 없는 아이는 자신의 무능력을 정당화시켜주는 하나의 금지를 만들어낸다. 아버지가 이러한 익명의 형태 속에 머물러 있는 한 아버지는 결코 패배하지 않는다. 그는 상징을 통해 결코 죽지 않는다. 왜냐하면 잿더미 속에서 다시 태어나 근친상간을 행할 수 없는 아이의 무능력을 정당화시켜주는 새로운 아버지를 다시 만들어낼 수 있기 때문이다.

하지만 아버지가 자신에게 스스로 부여한 이름을 갖고 있는 경우 상황은 전혀 달라진다. 실제로 아버지는 이 능력을 통해 아들의 눈에 보이지 않는 익명의 라이벌이 아니라, 이름 덕택에 아들이 자신과 동일시할 수 있는 인간이 된다. 아들에 의해 계승된 아버지의 이름은, 말하자면 아들에게 자리를 마련해주는 것이다. 이를 통해 아들은 현실에서는 결코 불가능한 친부 살해와 근친상간의 시나리오를 환상 속에서 구현하게 된다. 이름이 동일하다는 사실이 과도하게 의미 부여를 받게 되는 일종의 속임수를 통해, 오이디푸스 콤플렉스는 상징화를 향한 출구를 찾게 되는 것이다. 이런 이유로 해서 라캉은 '아버지의 이름'이라는 명칭을 사용해 아버지의 역할이 이름을 통해 대물림되는 것을 가능하게 하는 것을 지칭한 바 있다. 이것은 라캉이 말한 대로, 현실계, 상상계와 구별하여 상징계의 우월성을 보장해주는 것이기도 하다. "심지어 단 한 사람에 의해 대표된다고 해도, 아버지의 역할은 그 안에 상상적이고 현실적인 관계들을 포함하고 있다. 이 상상적이고 현실적인 관계들이 아버지의 역할을 구성하는 상징적 관계와 언제나 완벽한 조화를 이루는 것은 아니다. 따라서 우리는 바로 아버지의 이름이 역사 이래 법의 형상에 자신을 일치시켜온 상징적 기능을 수행해왔음을 인정해야 할 것이다." 현실계 및 상상계와 상징계가 완벽하게 조화되지 않는다는 사실은 매우 중요하다. 왜냐하면 바로 이 상대적인 조화에 의해 오이디푸스 콤플렉스가 해결되기 때문이다.

오이디푸스적 욕망은 의식을 벗어나 있다

테바이의 전설과 무의식은 어떤 관계를 맺고 있을까? 어머니에 대한 사랑, '자연스러운' 것으로 보기에는 너무나도 강력한 그 애착은 대체 무엇이란 말인가? 이 강력한 애착에는 이유가 있지만 우리가 이해하기는 힘들다. 억압되어 있기 때문이다. 오이디푸스 신화는 이 억압으로 인해 무의식과 관련을 맺게 되는데, 이 억압은 그 상처를 잊어버려야만 하는 첫사랑의 결과물이다. 어머니의 요구에 응하고 싶은 거대한 욕망이 있으나 어머니를 사랑하게 되면 어김없이 상처를 받게 된다. 왜냐하면 어머니에게 없는 것, 다시 말해 남근을 어머니에게 준다는 것은 불가능하기 때문이다(이 결핍은 아이를 갖고 싶은 욕망을 어머니에게 불러일으킨다).

육체 자체가 이 요구에 책임이 있다면, 그것은 육체가 결핍 그 자체이기 때문이다. 즉 죽음 충동과 사랑의 만남에 따라 육체는 결핍 혹은 '없음' 그 자체가 되는 것이다. 한편으론 어머니에겐 남근이 없고(결핍), 다른 한편으론 자아를 이 남근과 동일시할 수 없는 것(없음)이다. 그 결과 육체의 남근적 의미, 즉 육체가 남근과 동일시되는 것은 억압된다. 우리는 사실 우리가 육체 자체임을 잊고 있다. 우리는 육체가 무엇을 나타내는지 모른 채 육체를 갖고 있을 뿐이다. 기껏해야 우리는 육체를 하나의 신비로 생각하여 무엇이 상처를 입혔는지 모르는 사랑의 신비를 어렴풋이 짐작할 뿐이다. 남근과 육체를 동일한 것으로 볼 수 없기 때문에 이로부터 첫 번째 억압이 생긴다. 즉 어머니가 거세당한 사람이라는 것을 모르게 되는 것이다. 다시 말해 어머니는 남근을 갖고 있지 않다는 사실이 억제되므로, 우리는 어머니에게 남근을 주어야 한다고 생각하게 되는 것이다. 우리의 육체는 이 허구 속에 있다. 육체는 우선은 꿈의 영역에 속해 있는 것이다.

육체가 남근 자체라는 점이 억압되어 그 사실을 모르게 됨으로써 두 번째 억압이 가능하게 된다. 만일 아이가 아버지에게 권한을 부여하지 않는다면 아이는 자신이 남근이라는 착각으로부터 어떻게 벗어날 수 있을 것인가? 하지만 아버지에 대한 이 두 번째 억압 역시 상처를 받게 된다. 왜냐하면 아버지에게 부여된 이 권한은 바로 거세를 할 수 있는 권한이기 때문이며(나는 내가 아니다. 나를 갖고 있는 것은 바로 아버지이다), 또 아버지에게 부여된 권한은 아버지를 매혹적인 인물로, 즉 잠재적인 폭군으로 만들어놓기 때문이다. 두 번째 억압의 오이디푸스적 무의식을 형성하면서 아버지의 유혹으로부터 발생하는 이 상처는, 아버지로부터 구원받아야 하기 때문에 어머니의 요구가 간직하고 있는 무한한 것과 비교해 훨씬 격렬한 것이 된다(오이디푸스의 두 아버지의 모순을 인정해야 할 것이다). 거의 동시에 아버지를 위해 자신의 즐거움을 희생해야 하는 주체의 거세 공포가 일어나게 된다. 이 거세 공포는 억압을 촉진한다. 한편으론 구원을 주는 아버지의 사랑을 간직해야 하고, 다른 한편으론 아버지가 가하는 상처(거세)를 무의식 속으로 억압해야만 한다. 따라서 무의식 속으로의 억압이란, 주체가 깊은 상처에도 불구하고 계속 사랑하기 위해 (즉 살기 위해) 알고 싶지 않은 것으로 정의할 수 있다. 사랑이 수반되면서도 상처를 주는 유혹의 딜레마에 처한 주체는, 사랑을 간직하기 위해 유혹을 무의식 속으로 억압하는 것이다. 두 개의 억압 과정은 이렇게 긴밀하게 연결되어 있다. 첫 번째 억압은 남근으로서의 육체에서 남근으로서의 가치에 관한 것이고(어머니의 거세), 두 번째 억압은 이 남근적 가치를 아버지에게 양도함으로써 진행된다(아버지에 의

108 오이디푸스

한 거세). 이렇게 해서 아버지와 어머니의 조금은 어리석어 보이는 이야기는 논리적인 해결점을 찾게 되는 것이다.

무의식 속으로의 억압에 대한 이러한 개념은 임상치료시 언제나 확인할 수 있듯이 아무런 잘못도 없는 아이가 아주 어린 시절에 성적 상처를 입는다는 것을 믿게 해준다. 어린 젖먹이는 무의식 속으로 억압해야 할 정도로 어머니를 사랑했기 때문에 가혹한 상처를 받게 되는 것이다! 하지만 이 어린아이를 불쌍히 여기며 눈물을 흘릴 필요는 없다. 아이는 그렇게 쉽게 외부의 요구에 응하지 않는다. 아이가 아버지의 힘에 도움에 청한다면, 그것은 그가 어머니의 요구를 거절했기 때문이 아닐까? 아이는 거의 태어나자마자 아니라고 답하는 것을 배우게 된다. 이는 단순한 변덕 때문이 아니라 소외로부터 견디기 위해서이다. 이렇게 해서 삶이 시작되면서부터 '아니라고 말하는 것'을 통해 드러나듯, 사랑과 억압을 헤아릴 수 있는 아이는 사람들이 그에게 기대하는 것으로부터 자신을 구별해내기 위해 우리들의 눈물을 자아내기는커녕, 자신의 측정할 길 없는 삶의 전 영역에 걸쳐 '실수'를 저지르게 된다. 아이는 어머니가 요구하는 것을 어머니에게 줄 수 없을 것이다. 만일 그의 첫사랑이 성공한다면 그것은 씻을 수 없는 죄를 범하는 것이 될 것이다. 징후의 형태로 찾아오는 고통이 경감시키려 하는 것이 바로 이 죄의식이다.

하지만 첫 번째 억압이 단지 육체적 남근의 의미에만 관련된다면, 두 번째 억압은 하나의 사슬, 즉 오이디푸스 콤플렉스 전체를 구성하는 상이한 각 항목의 관계에 관련된다. 이 두 번째 억압은 오이디푸스 콤플렉스의 어떤 특수한 항목에만 관련되는 것이 아닌 것이다. 예를 들어, 우리는 어머니에 대해 강한 애착을 갖고 있다는 것을 알 수 있는데, 하지만 이 남다른 애착이 자아내는 다른 여성들에 대한 폭력에 대해서는 제대로 파악하지 못한다. 또한 우리는 아버지에 대해 이중적이며 적대적인 생각들을 갖고 있다는 것을 알고 있다. 우리는 이렇게 해서 존경하는 사람들을 살해할 수 있는 잠재적인 적의를 지니고 있다. 오이디푸스 콤플렉스의 각 항목은 이렇게 잠재적인 모순을 지니고 있고, 언제 폭발할지 모르는 이 잠재적인 모순은 각종 징후를 통해 외부로 드러나게 된다. 아버지에 대한 이중적인 감정은 어떤 여파를 남길까? 이중적 감정은 오이디푸스 이야기에서 두 아버지를 통해 강조된 바 있는 아버지의 두 심급을 잘 일러준다.

이중적 감정은 한편으로는 죽여야 할 아버지를, 다른 한편으로는 이름을 주는 상징적인 아버지를, 즉 고인이 된 아버지를 드러낸다. 잠재적 모순은 그것만으로도 남아와 여아 모두의 오이디푸스 콤플렉스를 발전시킨다. 어느 경우든 어머니에 대한 사랑은 아버지의 금지에 부딪치게 된다. 프로이트는 이 점을 그의 저서 〈자아와 이드Das Ish und das Es〉에서 다음과 같이 기술한 바 있다. "아이는 아주 어린 시절부터 어머니의 신체의 일부분에 감정을 쏟게 되는데, 이는 어머니의 젖에서부터 출발한다. (중략) 남아의 경우 아버지와 자신을 동일시한다. 이 두 관계는 공

존하다가 어머니에 대한 성적 욕망이 억압되고, 아버지가 이 욕망의 장애물이라는 사실을 알게 되면서부터 오이디푸스 콤플렉스가 시작된다. 아버지와의 동일시는 이때부터 적대적인 분위기를 띠게 되어 아버지를 이격시키고, 자신을 아버지의 자리에 대신 위치시키려는 욕망으로 변화한다. 이때부터 아버지에 대한 감정은 이중적이 된다. 마치 아버지에 대한 감정이 동일시가 시작될 때부터 잠재되어 있었던 것처럼, 이중적 감정은 분명하게 모습을 드러낸다."

우리는 이중적 감정이 자아내는 결과들을 제대로 파악하지 못한 채 살아간다. 왜냐하면 사랑과 증오처럼 서로 상반된 두 감정을 연결시킨다는 것이 비논리적일 뿐만 아니라 도저히 이해할 수 없는 것으로 비치기 때문이다. 우리는 사랑과 증오의 감정들도 잘 모르는 채 지내는 경우가 있다. 사랑과 증오를 서로 관계 없는 것으로 떼어놓고 생각하면서, 그중 하나에 대해서는 알았다고 생각한다면, 이때의 앎은 올바른 것인지도 모른다. 하지만 무의식 속에 남아 있을 때 사랑과 증오는, 서로 떼어놓을 수 없을 정도로 연결된 상태에서 자아내는 감정사슬에 관련되어 있다. 사랑이 증오를 낳는다는 사실을 우리는 이해할 수 없는 것이다. 비록 이해한다고 해도 그것은 추상적인 이해에 불과하다. 우리가 어머니와 자기 위해 아버지를 죽이려고 했다는 사실은 더더욱 이해하기 힘든 사실이다. 반대되는 항목들이 서로 쌍을 이루며 연결되어 있을 때, 이 관련은 어쩔 수 없이 의식을 벗어나 있게 된다. 이렇게 해서 2차 억압은 이 연결 자체에 관여한다는 것을 알수 있다. 무의식적인 것은 '앎'인 것이다. 왜냐하면 이질적인 것들이 서로 관련을 맺어 사슬을 형성하고 있을 때, 억압되는 것은 그중 한 항목의 시니피앙signifiant일 뿐이기 때문이다.

아버지에 대한 이중적인 태도(오이디푸스 이야기에 나오는 상반된 이미지의 두 아버지에 대한 태도)는 서로 다른 주관적인 입장을 낳게 된다. 프로이트가 쓴 대로 증오가 사랑보다 우세하거나 혹은 그 반대되는 경우, 오이디푸스는 각 상황에 따라 '정상적'으로 나타나기도 하고 '비정상적인' 경우로 나타나기도 한다. 대부분의 경우에 정상적인 경우와 비정상적인 경우는 서로 섞여 있으며, 어느 한쪽이 다른 한쪽보다 우위를 점하고 있게 된다. 프로이트는 그의 저서 〈자아와 이드〉에서 다음과 같이 쓴 바 있다. "남자 아이가 단지 아버지에 대해서 이중적 태도를 취하고, 어머니를 사랑의 대상으로 여기는 것만은 아니다. 남자 아이는 여자 아이처럼 행동하기도 하며, 아버지에 대해 사랑받는 여자의 입장을 취해 어머니를 질투하는 입장에 서기도 한다." 프로이트는 또한 오이디푸스 콤플렉스를 벗어날 때, 그 과정은 위의 두 구성 요소의 역학 관계에 의해 좌우된다는 점을 강조했다. 즉 사랑의 대상에 대한 선택과 자아와의 동일시를 지배하는 오이디푸스 콤플렉스는, 오이디푸스가 남자 쪽이나 여자 쪽 어느 쪽으로 기우는가에 따라 결정된다는 것이다.

오이디푸스 콤플렉스는 여아와 남아에게 각각 다르게 나

타난다. 이는 성의 '상징적' 차이로 인해 발생한다(해부학적 차이는 상징적 차이에 비해 오이디푸스 콤플렉스에 크게 영향을 미치지 않는다). 프로이트는 이 점을 그의 저서 〈성의 해부학적 차이에 따른 심리적 결과 Einge psychische Folgen des anatomischen Geschlechtsunterschieds〉에서 다음과 같이 밝힌 바 있다. "남아의 오이디푸스 콤플렉스는 거세 콤플렉스와 함께 수그러들고, 여아의 경우 오이디푸스 콤플렉스는 거세 콤플렉스와 함께 시작된다." 이어 프로이트는 같은 책에서 다음과 같이 설명한다. "여아는 거세 콤플렉스를 완성된 것으로 받아들이는 한편, 남아는 거세가 언제 행해질지 모른다고 우려한다. 여아의 상징적 위치는 이러한 인식으로부터 시작된다. 여아의 상징적 위치란 단념한 페니스의 보상물을 찾는 행위로 이루어진다." 프로이트의 말을 더 들어보자. "여아의 욕망은 페니스에서 아기로 이동한다—여아는 이런 식으로 상징적 등가물을 찾아 이동한다. 여아의 오이디푸스 콤플렉스는 아버지로부터 선물로 아이를 받았으면 하는 오랫동안 억눌려 있는 욕망, 즉 아버지를 위해 아이를 낳고 싶은 욕망에 와서 절정에 이르게 된다. 오이디푸스 콤플렉스는 이 욕망이 절대로 실현될 수 없는 것이기에 이후 서서히 소멸해간다고 생각할 수 있다. 하지만 페니스와 아이를 향한 욕망은 무의식 속에 강하게 남아 있음으로 해서, 여성에게 미래의 성적 역할을 준비하게끔 한다."

해부학적 성과는 무관하게 아버지에 대한 사랑을 선택한 자는 정신적으로는 여인인 것이고, 이 여성화에 저항한 자는(거세에 저항한 자는) 남성인 것이다. 이렇게 보면 모든 인간은 처음에는 여성이었던 셈이다. 이후 위에서 설명한 정신적인 자기 정체성 탐색으로부터 여성과 남성으로 구별되는 것이다. 풀 수 없는 모순을 풀려 할 때처럼, 모순 그 자체인 오이디푸스 콤플렉스 역시 오이디푸스 콤플렉스 사체를 포기하는 해결책을 찾게 된다. 프로이트 역시 이 점을 같은 책에서 다음과 같이 설명했다. "오이디푸스 콤플렉스가 와해되면서 어머니를 향해 집중되었던 애정 역시 단념해야 한다. 대신 어머니와의 동일시나 아버지와의 동일시 현상이 뒤를 잇게 된다."

콤플렉스의 와해에서 분석이 행하는 역할

오이디푸스 콤플렉스는 정신분석에 의해 치료될 수 있는 것일까? 이 점에 대해 정신분석은 치료가 지닌 여러 기능 중 오이디푸스 콤플렉스와 관련한 기능만을 지적할 수 있을 뿐이다. 즉 정신분석가는 전이 속에서 이중의 역할을 담당하는 것이다. 정신분석가는 한편으론 유사한 다른 사람의 역할을 해야 하고(아버지, 어머니 등의 역을 대신한다), 그러면서 다른 한편으론 결코 아버지나 어머니여서는 안 되는 것이다. 즉 분석가는 이 모든 행위에서 자신을 빌려주는 데 만족해야 하는 것이다. 무의식이 겉으로 드러나는 경우, 분석가는 그에 맞추어 자신의 역할을 조절하며 동일 역할을 수행하거나 반대 역할을 수행한다. 그 결과 눈앞에 있는 분석가의 존재에 영향을 받아 수시로 변하게 되는 일정한 정서적 영향에 따라 말해진 것과 말해진 것을 완성시키는 것 사이에 관계가 형성되게 된다. 예를 들어 분석자analysant(전이과정 속에서 스스로의 심적 상태를 분석하는 환자를 지칭함—역주)가 그의 '아버지'와 대립하는 순간, 분석가가 어머니의 이미지를 부여받게 될 때에는 적극적 전이가 일어나게 된다. 하지만 분석가가 아버지의 역할을 부여받거나 혹은 분석가 자신이 아버지의 역할을 맡거나 하는 경우에는, 동일한 상황에서도 소극적 전이가 일어날 수 있다. 만일 분석자가 분석가에게 동참하길 요구하고 분석가가 이에 응할 경우, 이러한 동일시 작용에 참가한 두 행위자는 언제 역할이 바뀔지 모르는 유동적인 상황에 처하게 된다. 예를 들어 분석자가 어머니에 대해 원망을 털어놓으며 분석가에게 어머니의 역할을 더 이상 하지 말라고 요구해오는 경우 분석가가 처한 상황이 그렇다. 한 가지 예를 더 들면, 여성 분석가에게 여성 환자가 남성들에 대한 불만을 털어놓으며 분석가로부터 자신을 이해했다는 신호를 얻으려고 하는 경우도 그렇다.

전이과정에서 일어나는 동일시에서 분석가와 분석자 사이에서 일어나는 이러한 짝짓기는(이 과정은 비록 분석가가 의식하지 못하는 경우가 있긴 하지만 자동적이다) 사전에 예측 가능하다. 왜냐하면 분석가와 분석자 두 사람 사이에서 일어날 수 있는 동일시의 경우란 제한되어 있기 때문이다. 경우의 수에 대한 예측은 엄밀하게 할 수 있다. 하지만 그 확인은 사후에 행해질 수밖에 없다. 환자가 자신을 분석가와 동일시했을 경우, 두 가지 이미지가 작용한다. 한편으론 분석자가 말하는 현실이 있고, 다른 한편으론 이러한 현실을 지탱하는 분석가가 있는 것이다. 이 상황을 시각적 이미지로 바꾸어 말한다면, 전자는 잠재적 이미지이며, 후자는 실재 이미지이다. 징후가 고착되는 경우에서 볼 수 있는 것처럼, 이 경우에서도 역시 현실적인 이미지와 잠재적인 이미지가 중첩되어 나타난다(예를 들면 남편과 회사의 상사가 아버지와 동일시된다). 이러한 이중적 전이현상을 통해 두 전이를 구별해낼 수 있으며, 따라서 고착된 징후가 어디에서 연유했는지를 밝혀낼 수 있게 된다. 두 이미지의 상관관계를 전이현상과 함께 고려할 때 일종의 십자형 퍼즐이 드러나게 되며, 이 십자형 퍼즐의 중간 지점에는 중립 지점이 있어 분석가는 이 지점을 통해 상황을 파악할 수 있게 된다. 이 중립 지점의 유용성은, 환자가 일으키는 지속적인 착각에서 드러나는 작고 미미한 틈을 포착하게 해준다는 데 있다. 무의식을 계속해서 흐르게 만드는 것 역시 이 작고 미미한 틈으로서, 이를 통해 환자는 고통을 덜게 되는 것이다.

전이를 통해 이미지들이 서로 연결된다는 개념은 유용하다. 실제로 병적인 동일시란 반드시 전이과정의 한 지점에 일치하게 되어 있다. 예를 들어, 남편을 아버지로 여김으로써 불감증에 걸린 여인의 예에서 보듯 환상적 삶(환자에게는 실제의 삶) 속에서 두 가지 동일시는 서로 겹쳐 있게 마련이다. 전이에서 분석가는 분석가이면서(이 경우 동일시는 일어나지 않은 것이며, 동일시가 '중립 지점'

에 위치해 있는 것이다) 동시에 아버지이기도 하고, 그 외의 다른 인물일 수도 있다. 이때부터 십자형 동일시 현상이 일어난다. 다시 말해 환자 자신이 지니고 있는 이미지들 사이의 동일시와 분석가를 대상으로 한 동일시가 서로 교차되는 것이다(즉 분석가는 자신이 누구와 동일시되는지를 분명히 지각하지 못한 채 전이현상에 연루되게 된다). 환자의 동일시는 부적절한 것으로 드러나게 되며, 어느 시점이 되면 환자가 지닌 이미지들을 통한 동일시는, 자아를 착각으로부터 빠져나오게 하면서(동시에 징후로부터 빠져나오게 하면서) 십자형 동일시로부터 빠져나오게 된다.

분석을 통해 징후는 고착상태로부터 벗어나게 된다. 동시에 분석은 어린 시절의 동일시와 현재 진행 중인 동일시 사이에 선을 그음으로써 신경증의 근원인 두 동일시의 중첩을 밝혀내게 된다. 분석자는 오이디푸스의 꿈에서 깨어났지만 여전히 거세 콤플렉스에 걸려 있다. 환자는 꿈속에서 이상화된 어머니 상을 통해 오이디푸스 신화를 실현하려고 한다. 이때 환자는 자신이 받은 문화적 영향 전체를 동원해 모델을 구한다. 예를 들어 서구 문명에서 자랐다면 환자는 동정녀 마리아를 모델로 삼을 수도 있다. 혹은 모든 인류의 신화 속에 항상 등장하는 영원한 아버지 Père Éternel를 연상시키는, 이미 고인이 된 거세된 아버지를 모델로 삼을 수도 있다. 오이디푸스적 욕망의 억압 정도에 비례하는 이러한 신화에 대한 신앙은, 사랑이나 성적 행위에 중대한 영향을 끼치게 된다. (동정녀와 영원한 아버지 같은) 핵심적인 이미지들이 일러주듯 인간은 이러한 이미지들을 만나지 않고 살아갈 수가 없는 것이다.

종교적 형태든 어떤 다른 형태든 이런 실현 불가능한 이상들은 암초를 만나게 된다. 거세 공포라는 인정하지 않을 수 없는 시련을 극복해야 하는 것이다. 라캉은 이 짐을 다음과 같이 강조한 적이 있다. "프로이트가 오이디푸스 콤플렉스와 거의 동시에 개념화한 거세 콤플렉스는 신화가 아니다." 거세 콤플렉스 역시 보다 복잡한 콤플렉스의 일종일 뿐이다. 거세 콤플렉스에는 우선 어머니의 거세에 대한 공포가 포함된다. 이 말은 '어린 주체'가 처음에는 자신을 어머니의 남근과 동일시하고 있음을 의미하고(어머니가 원하는 것이 바로 이것이다), 그래서 자신을 어머니에게 결핍되어 있는 남근으로 생각하고 있던 아이는 거세를 거의 이해하지 못한다. 만일 아이가 이 사실을 인정하면 아이는 죽을지도 모른다. 이 첫 번째 단계는 곧이어 아버지를 어머니를 거세한 장본인으로 간주함에 따라 아버지에 '의한' 거세 단계로 이어진다(이 단계에서는 거세의 대상이 생식기로 좁혀진다). 어머니의 불만은 언제나 아버지를 향해 있지 않은가. 이 불행이 아이에게 떨어지지 말란 법이 어디 있단 말인가. 여기서 아이의 불안과 공포가 시작된다. 하지만 아버지의 이름이 아이에게 전승되면서 이 공포는 상징화된다.

오이디푸스 신화는 아이가 거세 콤플렉스의 공포를 경험하면서 해결된다. 프로이트는 이를 다음과 같이 기술한 바 있다.

"자신이 거세될 수도 있다는 가능성과, 여자가 거세되었다는 인식을 통해 아이는 오이디푸스 콤플렉스기에 야기된 두 가지 욕망 충족에 대한 기대를 단념하게 된다. 응징으로서의 생식기 거세든 아니면 그 결과로 여성이 되는 것이든 모두 남성 생식기의 상실에서 연유한다. 오이디푸스 콤플렉스의 영역에서 만족을 추구하는 대가로 아이가 생식기의 상실을 감수해야 할 경우, 아이는 필연적으로 신체의 일부분인 생식기에 집중된 자아도취적 관심과 부모들에게 부여한 리비도적 의미 사이의 갈등을 겪게 된다. 이 갈등 속에서 보통은 생식기에 집중된 나르키소스적 관심이 우위를 차지하게 되어, 아이의 자아는 오이디푸스 콤플렉스를 우회하여 지나쳐가게 된다."

프로이트는 오이디푸스 콤플렉스의 해결을 지칭하기 위해 오이디푸스 콤플렉스가 '파괴된다'는 다소 강한 표현을 사용했다. 그는 〈오이디푸스 콤플렉스의 해소Der Untergang des Ödipuskomplexes〉라는 책에서 이 과정이 "이상적인 경우 콤플렉스의 파괴 혹은 무화"라고 말한 바 있다. 오이디푸스 콤플렉스가 해결되었다는 것은 이제 아버지의 집을 나올 때가 도래했다는 것을 의미한다. 다시 말해, 아버지가 제공하던 보호막으로부터 떠날 때가 되었다는 것을 의미하는 것이다. 아버지의 울타리에서 벗어나 세상을 향해 나아갈 때를 알리는 종소리가 들리는 것이다. 이 점에 대해 프로이트는 그의 저서 〈환상의 미래Die Zukumft einer Illusion〉에서 다음과 같이 말했다. "인간은 항상 아이로 있을 수 없다. 결국 인간은 밖으로 나가 적대적인 세계 속으로 들어가야 하는 것이다."

오이디푸스 신화 그 이후

오이디푸스 콤플렉스에 대해 간략하게나마 살펴본 결과 우리는 노이로제로 불리는 신경증에서 오이디푸스 콤플렉스가 차지하고 있는 비중을 알 수 있었다. 반면 프로이트가 강조해 마지않았던 문화 일반에 대한 오이디푸스 콤플렉스의 영향에 대해서는 상대적으로 소홀했던 것이 사실이다. 오이디푸스는 유대교와 기독교적 전통의 지배에도 불구하고 서구 문명을 통해 면면히 이어져 내려온 그리스 문명의 아들이고, 그런 면에서 분명 서구 문명의 아들이기도 하다(사실 예수는 오이디푸스 형제들 중 하나라고 볼 수 있다). 실제로 오이디푸스는 근현대에 들어와서도 그 광휘를 번쩍이며 쉼 없이 모습을 나타내고 있다. 하지만 몰이해가 발생한 것도, 특히 오이디푸스 신화의 근본을 이루는 신화의 기원에 대한 몰이해가 발생한 것도 근현대에 들어서이다. 오이디푸스 신화가 현재와 같은 규모를 지닐 수 있었던 것도 사실은 그 기원 때문인데, 이 점에 대해 많은 오해가 있는 것이다. 오이디푸스는 서양에서만이 아니라 동양에서도 성립할 수 있는 신화인 것이다.

　　최근의 저서에서 임마누엘 벨리코프스키Immanuel Veli-kovsky는 그리스의 오이디푸스와 이집트의 파라오 아크나톤Akhnaton이 동일인물이었음을 증명해보였다. 여왕 네페르티티Nefe-rtiti와 제18왕조의 비밀에 싸인 왕인 아멘호테프 3세의 아들 아크나톤은, 일반적으로 최초의 유일신교로 간주되는 종교적 이설을 강요함으로써 조상 대대로 전해 내려오던 종교를 일신한 왕으로 평가받고 있다. 아크나톤은 아몬Amon 신을 중심으로 형성되어 있던 전래의 다신교를 배척하고, 대신 경배의 대상으로 유일신인 아톤Aton을 옹립했다. 새로운 유일신을 섬기게 된 왕은, 그래서 이름도 아멘호테프 4세에서 아크나톤으로 바꾼다(아크나톤은 '아톤에게 이득이 되는 자'라는 뜻이다 – 역주). 왕은 아몬이란 이름, 즉 그의 아버지의 이름을 보이는 대로 없앴다. 그의 이러한 행동은 이집트의 신학적 전통에서 볼 때 친부 살해에 해당한다.

벨리코프스키의 가설을 사실이라고 볼 수 있다면, 그것은 그의 가설이 한 공동체의 운명이 친부 살해에 의해 결정된다는 논리에 의존해 있기 때문이다. 이렇게 본다면 오이디푸스 신화는 유일신교의 탄생을 가능케 한 것이고, 이는 곧 유일신교가 종교적인 문제이기 이전에 초심리학적 차원Métapsychologie, Meta-psychologie(프로이트가 자신의 정신분석학을 이론적으로 완성하기 위해 세운 개념적 장치 전체를 일컫는다. 역동적 측면, 국부적 측면, 경제적 측면 등으로 대별해 인간의 심적 장치를 파악하면서 프로이트는, 그 하부에 의식, 무의식, 이드, 리비도 등의 심급과 충동이론, 억압이론 등을 개진해나갔다 – 역주)의 문제임을 일러준다. 아버지를 육체를 벗어버리고 하늘에 계신 순수하게 '정신적인' 대상으로 만들어 경배한다는 것은 살해 환상과 관련된 것으로서, 그 정신적 기원은 유일신교의 특징을 이룬다. 이 유일신교의 특징은 단 하나의 유일한 원칙에 있는 것이 아니라, 부인되고 성화되기에 이른 친부 살해 의식 속에 존재한다.

아크나톤의 삶이 보여주는 여러 일화가 우리의 주목을 끈다. 가드너A. H. Gardiner는 그의 책 〈티 여왕의 묘The So Called Tomb of queen Tiy〉(티 여왕은 네페르티티를 지칭한다—역주)에서 아크나톤이 정기적으로 사용했던 칭호에 대해 의문을 제기한 적이 있다. 왕에 관계된 기록임을 나타내는 타원형 내부의 문자들을 해독한 결과, 그것은 '살아남은 자' 라는 뜻이었다. 아직 젊은 나이였음에도 불구하고 아크나톤은 자신을 지칭하는데 이 칭호를 사용했던 것이다. 아버지의 저주에도 불구하고 살아남은 오이디푸스의 운명을 연상케 하는 대목이지 않은가? 또 다른 흥미로운 사실을 보자. 알드레드C. Aldred는 그의 저서 〈파라오〉에서 스핑크스의 기원이 사실은 이집트이며, 나일 강 유역에서 태어난 스핑크스가 근동 지방 사람들의 상상력에 의해 그리스적 풍경으로 유입되었다고 한다. 스핑크스는 오직 테바이 연작 속에서만 발견되는데, 이 연작을 구성하는 작품들에 나오는 스핑크스들은 한결같이 아크나톤 시대의 스핑크스가 지니고 있던 속성들과 동일한 속성을 지니고 있다고 한다. 즉 스핑크스는 굽은 날개를 가진 괴물인데, 여인의 머리를 하고 있고 젖가슴을 갖고 있으며, 최초로 모습을 나타낸 것은 아크나톤의 어머니인 티 여왕 시대였다. 오이디푸스의 이야기에 등장하는 스핑크스를 그리스에서 태어난 토착신화가 아니라고 볼 수 있는 것은, 스핑크스 이야기가 이집트의 영웅 이야기와 함께 다른 곳으로부터 유입된 이야기로서 이집트의 흔적을 많이 간직하고 있기 때문이다. 고대 그리스 도시인 보이오티아의 스핑크스는 이렇게 해서 사람을 죽음으로 몰고 가는 그 유명한 수수께끼 이외에, 자신이 그리스에 와 있는 이유에 대한 수수께끼를 내게 된다.

테바이라는 도시 이름 역시 문제를 제기한다. 이집트의 도시를 그리스인들이 그렇게 불렀을 뿐 나일 계곡에는 그런 이름의 도시가 존재하지 않았다. 요컨대 실제로는 와세트Ouaset(도시), 네Ne(거처) 혹은 노No나 노 아몬No Amon 등으로 불리던 파라오들이 살던 수도를 그리스인들이 그렇게 불렀던 것이다. 나아가 구약성서의 에스겔서(30장 15절)에서도 이곳을 '노'라고 칭했음을 알 수 있다. "노의 무리를 끊을 것이라." 그렇다면 어떤 이유에서 그리스인들은 호메로스 시대 훨씬 이전부터 그들이 잘 알고 있었던 이곳을 그리스에 있는 도시의 이름으로 불렀던 것일까? 혹시 노라는 곳이 테바이로 무대를 옮겨 진행되게 된 그 비극이 처음 일어났던 곳이어서 그랬던 것은 아닐까?

그러나 오이디푸스와 아크나톤이 동일한 기원을 갖고 있다는 것을 입증해주는 가장 신빙성 있는 증거는 다른 데에 있다. 아크나톤의 통치 말기에 새겨진 비문에는 아크나톤의 어머니인 여왕 티의 이름이 나온다. 그런데 아크나톤의 마지막 부인의 이름은 이 비문 어디에서도 찾을 수가 없다. 따라서 여왕 티가 그의 마지막 부인이었을 것이다. 만일 종교국가 자체였던 이집트의 전통을 무시한 채 어머니와 아들 사이에서 근친상간의 죄악의 저질러졌다면, 이 죄악은 아크나톤의 사후에도 그의 이름을 따라다니며 영원한 저주를 퍼부었을 것이다.

한편 단편적인 역사적 사실들로 이루어진 미로를 헤맸던 모든 이집트 학자가 단 한 번도 제기하지 않은 의문이 하나 있다. 그것은 한 파라오의 이름이 그의 아들이자 유일신교를 최초로 창시한 자이기도 한 자의 손에 의해 철저하게 숭배되었다는 사실에 대해 아무도 의구심을 갖지 않았다는 것이다. 아크나톤과 오이디푸스가 설사 아무런 공통점을 갖고 있지 않다고 해도, 이 아버지의 이름에 대한 숭배 하나만으로도 두 인물을 비교하는 것은 충분히 가능한 일인 것이다.

그런데 오이디푸스는 과연 정말로 존재했던 인물일까? 그에 관한 전설은 단지 아크나톤이 일으킨 거대한 종교혁명의 메아리에 지나지 않는 것일까? 이집트에서 아크나톤의 이야기는 사서에 기록될 수 없었기 때문에, 혹은 그런 극악무도한 죄인의 이야기는 후세에 전해져서는 안 되기 때문에 침묵 속에 가려져 있었다.

우리는 오이디푸스에게서 일찌기 프로이트가 콤플렉스를 지칭하기 위해 사용했던 그리스 문학의 한 주인공을 쉽게 연상하게 된다. 오이디푸스의 이야기는 고대 도시 보이오티아를 세운 태조 신화가 아니라 순수하게 문학적인 헬레니즘 문화의 산물일 뿐이다. 그리스 땅에 테바이 연작의 실체를 입증해줄 만한 어떤 기념물도 벽화도 또 동상도 존재하지 않는다. 오이디푸스라는 이름을 갖고 있었던 테바이의 왕은 없었던 것이다. 따라서 두 인물을 역사적 인물로 비교한다는 것은 어불성설에 지나지 않는다. 실제로 존재했던 사람은 아크나톤뿐이었다.

그렇다면 스핑크스가 어디에서 왔는지에 대해 잘 알지도 못한 채 자신들의 시에 적합하다고 판단해 스핑크스를 활용한 그리스 비극 시인들에게, 끔찍한 죄악을 저지른 이집트 왕에 얽힌 이야기는 대체 어떤 각별한 의미를 지녔던 것일까? 실존인물이었던 아크나톤의 삶이 보여준 '오이디푸스적' 상황들은 실제로 있었던 일이었고, 추정하건대 이 사실들은 오랜 세월이 흐르면서 입에서 입으로 전해지면서 갈수록 전설처럼 되었을 것이다. 그리고 마침내, 한 민족에게 유입되어 문학적 소재가 되기에 이르렀을 것이다.

어쩌면 아크나톤의 삶이 오이디푸스의 삶처럼 근친상간으로 얼룩진 것이 아니었는지도 모른다. 아무것도 확실한 것은 없다. 반면 최초로 유일신교를 탄생시킨 그 구조가 바로 오이디푸스라는 이름으로 불리는 콤플렉스의 구조라는 점은 확실해보인다. 서구에 유일신교를 만든 숨어 있는 창시자 역시 오이디푸스의 구조였다.

회화 속의 오이디푸스

피에르 바트 PIERRE WAT
파트릭 압살롱 PATRICK ABSALON

테바이 시로 향하는 협곡에 전형적인 그리스 인의 풍모를 지닌
한 남자가 끔찍한 모습의 괴물을 마주하고 있다. 해부학적으로
완벽한 몸을 지닌 이 남자의 단순한 태도에서는 귀족적인 면이
느껴지며, 차분함 속에는 뭔가 위대함이 깃들어 있다. 끔찍한 괴
물이란 다름 아닌 스핑크스로, 가슴은 여인의 것이지만 몸은 사
자의 것이고, 등 뒤로는 독수리의 날개를 달고 있다. 멀리 한 남
자가 도시를 향해 달아나고 있다. 이 달아나는 남자의 몸짓은 그
가 겁에 질려 있음을 보여준다. 그림의 전면에는 스핑크스의 희
생양이 되었던 사람들의 잔해가 여기저기 흩어져 있다. 두개골,
갈비뼈들 그리고 이제 막 죽은 사람의 아직 형태를 잃지 않은 발
등이 보인다. 하지만 남자는 태연하기만 하다. 그의 침착성과 힘
은 바위를 지그시 누르고 있는 날카로운 두 개의 창에서 나오는

것이 아니라 바로 그의 입에서 나오고 있었다. 지금 우리는 오이디푸스가 스핑크스의 그 유명한 수수께끼를 풀고 있는 장면을 보고 있는 것이다. 오이디푸스가 스핑크스의 눈을 똑바로 응시하고 있는 반면 스핑크스의 눈이 어둠을 향해 있다면, 그것은 그 어둠이 자신이 곧 들어가야 할 어둠이기 때문이리라. 오이디푸스는 이제 막 말로써 스핑크스를 제압한 것이고, 스핑크스는 이제 사라져야만 한다. 그림은, 오이디푸스의 말을 오이디푸스가 취한 유일한 몸짓을 통해 보여준다. 오이디푸스는 오른손 검지손가락으로 자기 자신을 가리키고 있다. 그림의 구도에서 가장 많은 부분을 차지하고 있는 오이디푸스의 육체, 그것은 오이디푸스 자신일 뿐 아니라 인간 '자신'이었던 것이다.

이것은 장 오귀스트 도미니크 앵그르Jean Auguste Dominique Ingres의 작품 〈스핑크스의 수수께끼를 푸는 오이디푸스 Œdipe résout l'énime du Sphinx〉이다. 유명한 그림이지만 회화에 나타난 오이디푸스를 찾을 때에는 거의 유일한 그림이자 가장 먼저 머리에 떠오르는 그림이기도 하다.

실제로 오이디푸스 신화와 회화의 관계를 살펴보려고 할 때, 오이디푸스를 묘사한 그림이 의외로 희귀하다는 사실을 알 수 있다. 이 희귀성은 그 자체로 하나의 기호일지도 모른다. 신화 자체가 너무나도 유명한 것이어서 그에 대한 그림도 풍부할 것으로 생각할 수 있지만 사실은 그렇지가 않은 것이다. 헬레니즘 시대의 예술 이후 유럽, 특히 프랑스에서 오이디푸스를 묘사한 그림을 만나기 위해서는 18세기까지 기다려야만 한다. 오이디푸스가 미술에 처음 등장한 것은 1762년이다. 이 작품은 회화가 아니라 조각으로, 오이디푸스의 어린 시절을 묘사한 샬르Challe의 작품이었다. 이어 1771년 또 다른 조각작품이 제작되었는데, 같은 주제를 다룬 이 작품은 르콩트Lecompte로 추정되는 조각가의 작품이었다. 최초의 회화작품이 나타난 것은 1781년의 일로 니콜라-기 브르네Nicolas-Guy Brenet의 〈코린토스의 왕비에 의해 양자로 입양되는 오이디푸스L'Adoption d'Oedipe par la reine de Corinthe〉였다.

　　프랑스 대혁명과 함께 새로운 주제가 첨가되기 시작한다. 당시 미술에서 다루어진 오이디푸스는 대개가 오이디푸스와 안티고네, 콜로노스의 오이디푸스, 아들 폴뤼네이케스를 저주하는 오이디푸스 등 오이디푸스 왕의 노년기와 관련된 것들이다. 당당히 스핑크스와 맞서고 있는 한창 나이 때의 오이디푸스를 미술에서 만나기 위해서는 앵그르를 기다려야만 했다. 앵그르는 1808년 로마에서 시작한 오이디푸스 그림을 1827년 살롱전에 출품하기 위해 완성시켰다.*

　　원래 문학적 기원을 갖고 있었던 탓인지 오이디푸스 신화가 조형예술 분야에서 묘사되는 데에는 많은 세월이 걸렸고, 그 과정 자체도 어렵기만 했다. 하지만 소포클레스의 비극을 구성하는 여러 요소는 가령 그 유명한 수수께끼나 장님이 되는 이야기, 흔히 시선의 예술이고 따라서 단순히 본다는 것을 넘어 그 자체로 하나의 '신비'로 인식되는 미술에 '가장 잘 어울리는 주제'들이다.

오이디푸스 신화에 대한 가장 활발한 묘사가 진행된 세기인 19세기 동안, 주로 여덟 가지 주제가 반복해서 묘사되곤 했다. 오이디푸스의 어린 시절, 오이디푸스와 라이오스, 오이디푸스와 스핑크스, 오이디푸스와 그의 아들들, 오이디푸스와 안티고네, 콜로노스의 오이디푸스, 오이디푸스의 죽음, 오이디푸스 자신이나 오이디푸스 왕 등이 주로 다루어진 주제들이었다. 이 여덟 가지 주제 이외에 다른 주제가 묘사된 적은 없으며, 이 가운데서도 오이디푸스의 죽음과 오이디푸스와 라이오스 같은 주제는 가끔씩만 다루어졌을 뿐이다. 오이디푸스 신화를 주제로 삼은 그림들 중 유명한 것들은 오이디푸스의 어린 시절, 스핑크스와의 만남, 그리고 안티고네와 함께 유랑하는 눈멀고 쇠약해진 오이디푸스 등 세 가지 주제를 다룬 그림들이다. 밀레Jean-François Millet, 귀스타브 모로Gustave Moreau, 레옹 보나Léon Bonnat 역시 살롱전에 출품하기 위해 신화를 그릴 때 주로 이 세 가지 주제를 다뤘다. 밀레는 〈나무에서 떼어낸 오이디푸스Œdipe détaché de l'arbre〉(1847)를, 모로는 〈오이디푸스와 스핑크스Œdipe et le Sphinx〉(1864)를, 보나는 〈눈먼 오이디푸스를 인도하는 안티고네Antigone conduisant Oedipe aveugle〉(1865)를 그렸다.

이 그림들은 우리에게 오이디푸스를 다룬 그림들이 희귀한 이유를 일러줄 뿐만 아니라, 신화를 회화적으로 묘사할 수 있는 가능성이 어디에 존재하는지에 대해서도 시사해주는 바가 크다.

오이디푸스를 다룬 그림들이 희귀한 이유는 여러 가지가 있겠지만, 첫 번째 이유는 오이디푸스 이야기에 등장하는 여러 이야기와, 위대한 장르로 간주되면서 신화적 주제를 다룬 작품까지 포함하고 있던 역사화와의 근본적인 양립 불가능성에서 찾아야 할 것이다.

장르 서열(회화의 주제별 장르인 풍경화, 정물화, 초상화, 역사화, 신화화, 성화, 동물화 등에서 영혼을 다루었는지 아니면 물질을 다루었는지에 따라 17세기 초 프랑스에서 매긴 등급을 말한다. 성화, 역사화, 신화화는 가장 높은 위치를 차지하고 있었고, 그림의 내적인 미학적 가치를 선언한 인상주의 이후 각광받기 시작한 정물화와 풍경화는 이 고전적 서열에서는 가장 저급한 장르로 취급되었다—역주)에서 '가장 상석'을 차지하고 있던 역사화의 중요한 목적은, 관람객들에게 윤리의식을 심어주는 데 있었다. 역사화는 교육적 목적의 회화였고, 영웅적 삶과 같은 숭고한 주제를 다루어야만 했다. 스토아 철학, 역사와 성서 및 신화 등에서 빌려온 영웅들의 위대한 인생 역정을 묘사해야만 했던 역사화가, 아버지를 살해하고 어머니와 결혼한 인물을 묘사한다는 것은 불가능한 일이었다. 오이디푸스는 결코 고대의 덕을 상징하는 모델이 될 수 없었던 인물이었으며, 18세기 말 유럽이 두려워했던 고대 그리스를 나타내는 인물이었던 것이다. 따라서 오이디푸스는 회화의 모델에 포함될 수 없었던 인물이었다.

오이디푸스를 주제로 다룬 그림이 희귀하고 그려진 그림들도 제한된 주제만을 다룬 것은 가혹한 검열의 결과이다. 즉 관람객들에게 교육적 감화를 줄 수 없는 모든 것은 배제되어야 한다는 엄격한 기준에 의해 오이디푸스는 처음부터 모델에서 탈락했던 것이다. 하지만 앵그르의 그림을 보는 순간, 이러한 교육적 목적으로 인해 오이디푸스를 다룬 그림이 희귀하다는 단정은 쉽게 동의할 수 없는 것이 되고 만다. 다시 말해 앵그르의 그림은 첫눈에는 숭고한 이성이 괴물 같은 정념을 눌러 이기는 것 같은 인상을 주지만, 조금만 자세히 살펴보면 숭고함과 그로테스크한 것 사이에 묘한 갈등이 일어나고 있음을 감지할 수 있다.

'비윤리적이다'는 이유만으로 오이디푸스 신화가 회화에서 제외된 사실을 모두 설명할 수는 없다. 다른 이유가 있는 것이다. 그 이유는 회화적으로 묘사되었을 때 결코 교육적이라고는 할 수 없는 오이디푸스 신화 자체에 있는 것이 아니라, 신화가 갖고 있는 각별한 문학적 힘에 들어 있다. 회화는 정념도 살인도 두려워하지 않으며, 또 푸생Poussin의 〈오리온Orion〉이나 다비드David의 〈벨리사리오스〉에서 볼 수 있듯 장님도 두려워하지 않는다. 다시 말해 회화에서는 이 모든 주제를 다룰 수 있는 것이다. 그렇다면 유독 화가들이 오이디푸스를 회피한 이유는 다른 데에 있는 것이다. 이 두려움은 이야기 자체의 힘에서 나온다. 다시 말해 시작과 끝이 있고, 전체적으로 전개될 때에 비로소 그 파괴력을 드러내는 오이디푸스 이야기는, 단편적으로 묘사될 수밖에 없는 회화에 의해 묘사될 때에 그 힘을 잃어버릴 수밖에 없는 것이다. 퓌슬리Füssli와 귀스타브 모로의 경우에 있어서도 사정은 마찬가지이다. 20세기의 위대한 신화 화가인 막스 에른스트Max Ernst의 이름도 첨가해야 할 것이다. 퓌슬리, 모로, 에른스트, 다시 말해 신고전주의, 상징주의, 초현실주의라고 하는 세 사조는 오이디푸스 신화에 애착을 보이는데, 이것은 이 세 사조가 그려진 것과 이야기되는 것을 연결하려고 하며 회화에 대한 이야기의 우위를 인정하는 사조이고, 그래서 회화적인 것의 과잉과 서술적인 것의 과잉을 동시에 통제할 수 있었던 사조였기 때문이다. 따라서 어느 세기보다 19세기에 들어 오이디푸스 그림이 많이 그려진 것은 결코 우연이 아니며, 아카데믹한 그림들의 경연장이었던 살롱전에서 오이디푸스 그림을 많이 볼 수 있게 된 것 역시 우연이 아니었다. 그러나 오이디푸스를 대하는 화가들은 신중에 신중을 기할 수밖에 없었다. 항상 자신이 있어야 할 자리를 신중하게 찾았던 다비드가 다음과 같은 말을 했을 때 그는 다른 말을 한 것이 아니었다. "내가 선택한 원칙들에 충실하기 위해서라면 나는 호메로스와 그의 후계자들에게서 주제를 빌려와야만 했을 것이다. 하지만 오늘날 이런 방식으로 그림을 그린 화가들의 작품은 관람객들로부터 그들이 표현하려고 했던 생각이나 인물 들을 제대로 표현하지 못했다는 평가를 받고 있다. 나는 이런 화가들

보다 훨씬 신중하게 작업에 임했다고 생각한다. 즉 나는 호메로스나 소포클레스에게서 빌려온 순수하게 시적인 주제를 표현하기보다는 내가 가장 잘할 수 있는 분야인 역사적 사건을 선택했고, 내 나름대로의 방식으로 그것에 시정詩情을 불어넣었다. 나는 아무리 노력해도 호메로스나 소포클레스보다는 열등한 존재이며, 내가 쓴 시는 그들의 작품에 비하면 하잘 것 없는 산문에 지나지 않은 것이다."

시정 그 자체는 형편없는 그림을 만들게 한다. 자신이 없는 주제를 선택한다는 것, 다시 말해 시적 매력이 이미 충만해 있는 주제를 선택한다는 것은, 화가에게는 자신의 무능함을 고백하는 것에 다름 아니었던 것이다.

따라서 오이디푸스 신화를 앞에 둔 화가는 두 가지 유혹 사이에서 갈등을 겪고 있는 것이다. 이야기가 발산하는 한없는 매력에 몸을 맡기고 따라갈 것인지, 아니면 이런 매력들에 저항을 할 것인지 화가는 망설이게 되는 것이다. 이렇게 해서 우리는 처음에 확인했던, 즉 오이디푸스를 다룬 그림이 매우 희귀하다는 사실을 다시 한 번 확인하게 되었다. 또한 우리는 오이디푸스를 '연상시키는' 그림들 대부분이 명시적으로 오이디푸스를 지칭하지 않고 있다는 사실 또한 확인할 수 있었다. 화가들은 직접 대면을 피하고 '우회적으로 오이디푸스를 묘사'함으로써, 오이디푸스 이야기가 발산하는 위협적인 힘을 피하면서도 이 힘을 생성하는 그 무엇인가를 거머쥐려고 했던 것이다.

오이디푸스를 묘사한 그림들은 두 가지 유형으로 대별해 볼 수 있다. 첫 번째 종류는 소포크레스가 묘사한 이야기를 그대로 재현하지는 않았지만 이야기의 주요 등장인물 모두를 무대에 등장시키는 그림이다. 귀스타브 모로의 〈승리자 스핑크스Sphinx vainqueur〉가 이 첫 번째 유형을 대표하는 작품이다. 귀스타브 모로의 그림에서 오이디푸스는 스핑크스에게 패해 사라지는 인물로 묘사되는데, 십자가에서 내려지는 예수를 연상시킨다. 귀스타브 모로는 두 가지 상징체계를 중첩시킴으로써, 말로 테바이를 구원한 오이디푸스와 인간적 삶을 희생함으로써 세계를 구원한 예수를 함께 묘사하고 있는 것이다.

두 번째 유형은 첫 번째 유형의 그림과는 상반되는 방향으로 그려진 그림들이다. 신화 자체는 명시적으로 묘사되지 않았지만, 오이디푸스 신화 전체가 미미한 형태로나마 모두 묘사된 그림이 이 유형에 속한다. 이렇게 우회적인 방법을 택함으로써 오이디푸스 신화는 자신의 눈을 파버리는 이야기, 추방, 근친상간, 수수께끼, 운명 등 그림에 무궁무진한 주제를 제공할 수 있었다. 화가가 신화와의 직접적인 관련을 피함으로써 이 모든 주제는 화가의 손에 의해 주제에 알맞은 그림들로 다시 태어날 수 있었던 것이다.

앵그르는 이러한 방식으로 이미 세 번이나 오이디푸스를

다루었음에도, 안티오코스Antiochus(기원전 3세기경 마케도니아의 왕족)와 스트라토니케Stratonice(기원전 3세기경 마케도니아의 왕족)라는 새로운 인물을 묘사, 다시 이 주제를 다룰 수 있었다.

앵그르는 1808년에서 1866년까지 여러 번 이 인물들의 근친상간을 묘사하려고 했었다. 오이디푸스처럼 안티오코스 역시 그의 어머니를 사랑했다. 하지만 보다 정확히 말하자면 스트라토니케는 안티오코스의 친모가 아니라 계모였다. 또한 비윤리적이라는 측면에서 보면 소포클레스의 비극에 못지않지만, 결말 부분으로 인해 그 비극성에서는 소포클레스보다 훨씬 덜한 것이 사실이다. 안티오코스의 아버지는 상사병에 걸려 죽음을 눈앞에 두게 된 아들을 구하기 위해 왕좌는 물론이고 그의 부인, 즉 아들의 계모까지 아들에게 양보한 것이다.

귀스타브 도레Gustave Doré의 〈수수께끼L' Énigme〉(1871), 샤를 랑델르Charles Landelle의 〈비스크라의 맹인L' Aveugle de Bi-skra〉(1866) 같은 그림도 언급할 가치가 있을 것이고, 조각에서는 모리스 알렉상드르 뒤베르제Maurice Alexandre Duverger의 〈자연의 수수께끼L' Énigme de la Nature〉(1890)와 에른스트 크리스토프 Ernest Christophe의 〈키마이라〉(1892) 등도 눈여겨볼 필요가 있다.

19세기 말에 그려진 어떤 그림에는 각별히 주목할 필요가 있다. 벨기에 출신의 상징주의 화가인 페르낭 크노프Fernand

Khnopff가 그린 〈애무Des caresses〉(1896)라는 제목의 작품이다. 그림에는 알몸의 한 청년이 허리에 고대 의상을 두른 채, 여인의 얼굴에 표범의 몸을 한 스핑크스와 뺨을 맞댄 채 서로 볼을 비비고 있는 모습이 그려져 있다. 귀스타브 모로의 충실한 숭배자였던 벨기에 화가의 그림에서 충격적인 것은, 그림이 오이디푸스 신화를 연상시킨다는 사실이 아니라 화가가 그림에 부여한 부제이다. 이 그림에는 '예술L'Art'이라는 또 하나의 제목이 붙어 있다. 하나의 그림이 지닌 이 두 제목은 모든 예술작품이 인간의 힘으로는 풀 수 없는 영원한 수수께끼와의 만남을 통해 창조된다는 사실을 일러준다. 즉 그림에 묘사된 여인처럼 수수께끼라는 것은 인간을 유혹하면서 잡아먹는 괴물인 것이다. 오이디푸스 신화 역시 이 아름답고 동시에 무서운 여인처럼, 그리고 알 수 없는 두려움으로 우리를 유혹하는 수수께끼처럼 화가들을 매혹했고 두려움에 떨게 했던 것이다. 오이디푸스 이야기는 모든 창조의 가장 깊은 곳에 숨어 있는 수수께끼인 가장 본질적인 것을 말하고 있기 때문이다.

회화는 이야기의 서사적 질서를 거부하는 전혀 다른 종류의 예술이다. 그렇지만 화가들이 오이디푸스가 그들에게 제기한 문제들을 구체적인 예술활동을 통해 어떻게 해결해나갔는지를 알아보기 위해서는 회화를 살펴보아야만 할 것이고, 이러한 시도는 이제 그리 놀라운 것이 아니다. 낭만주의는 우리에게 '해결책'을 제시해준다. 묘사를 보다 잘하기 위해서든 아니면 단지 묘사하기 위해서든 다른 화가들이 신화와의 직접적인 대면을 피해 우회해갈 때 낭만주의자들 역시 우회하는 길을 택했지만, 그 성격은 전혀 다른 것이었다. 낭만주의자들은 회화 고유의 본성으로 인해 오이디푸스를 우회해간 것이 아니었다. 그들은 오이디푸스의 위상을 근본적으로 바꾸어놓았던 것이다. 다시 말해 낭만주의자들에게 와서 오이디푸스는 묘사해야 할 형상이 아니라 화가 자신의 형상이 된 것이다.

사실 낭만주의시대의 화가들은 오이디푸스와 한 가지 중요한 특징을 공유하고 있다. 즉 그들 역시 오이디푸스처럼 눈이 멀어 있는 것이다. 고전주의 예술가가 관찰자로 존재하는 지점에서 낭만주의 예술가는 환상을 보는 몽상가이기를 원했다. 화가는 자신의 두 눈을 통해 이 세상에 대한 경험적 지식에 도달하려 하는 것이 아니라, 그 반대로 눈에 보이는 것을 넘어섬으로써 합리성을 초월하여 환상과 계시의 세계에 도달하고자 했던 것이다. 낭만적 환상은 경험에 근거한 광경과 반대방향으로 건축되었다. 맹목적인 것, 다시 말해 합리적 관점에서 볼 때에는 관찰하는 것을 방해하는 것에 지나지 않았던 것이 낭만주의자들에게는 진정으로 관찰하는 방법이 된 것이다. 늙은 오이디푸스가 한 자해는 그의 육신만을 다치게 했을 뿐, 그의 존재는 건드릴 수 없었다. 독일 낭만주의 화가인 카스파르 다비트 프리드리히Caspar David Friedrich는 이렇게 말했다. "화가는 눈앞에 있는 것만을 그려서는 안 된다. 자신의 가슴속에서 본 것도 그려야 하는 것이다. 자신 안에서 아무것도 보지 못한다면 자신 앞에 놓여 있는 것을 그리는 것도 단념해야만 한다." '육체의 눈'은 '정신의 눈'을 위해 봉사하지 못하는 경우 아무런 가치도 지니지 못한다. 같은 시기, 영국에서는 낭만주의 시인이자 화가이기도 한 윌리엄 블레이크 William Blake가 한층 더 강력한 표현을 통해 같은 주장을 펼쳤다. "공연을 보면서 그것이 창문이라고 생각하지 않는 것처럼, 나는 자연 발생적인 육체의 눈에 대해 아무런 미련도 갖고 있지 않다. 나는 육체의 눈을 갖고 보는 것이 아니라 늘 그 너머를 보기 때문이다."

예술가란 눈이 보는 것을 마음이 보게 하기 위해 희생할 줄 아는 사람이다. 낭만주의 작품 중 뛰어난 걸작인 앵그르의 '오이디푸스' 역시 다른 말을 하고 있는 것이 아니다. 스핑크스를 물리치기 위해, 그리고 물질이 정신을 압도하도록 하지 않기 위해 오이디푸스는 스핑크스의 뾰족한 두 유두가 자신의 눈을 향해 곤두섰을 때에도 그 유혹에 견딜 수 있었다. 수수께끼를 풀기 위해 오이디푸스는 눈에 보이는 것의 유혹을 물리쳐야만 했다.

많은 화가가 나름대로의 방법을 통해 다양하게 우회하며 오이디푸스를 묘사했지만 낭만주의자들은 알고 있었다. 오이디푸스 신화와 오이디푸스 그림을 조화시키기 위해서는 오이디푸스를 우회적으로 접근하는 것이 아니라 이와는 전혀 다른, 즉 완전히 새로운 방법이 필요하다는 것을. 즉 오이디푸스를 거꾸로 묘사하는 것이 유일한 방법임을 알았던 것이다. 다시 말해 오이디푸스를 묘사하는 것이 아니라 화가 자신이 오이디푸스가 되어야만 했던 것이다.

그러나 화가의 낭만주의적 이미지가 형성되는 이 지점은 동시에 (자신의 두 눈을 후벼 판 오이디푸스가 딸 안티고네와 함께 유배를 자청해 길을 떠나 방황하다가 콜로노스에서 숨을 거둠으로써) 신화가 끝나는 지점이기도 하다. 신화가 끝나고 예술이 시작된 것이다. 이것은 육체의 눈을 감아버렸기 때문에 가능했고, 이는 카스파르 다비트 프리드리히의 말을 빌리면 정신의 눈으로 보다 잘 보기 위해서였다. 이제 예술가는 세상의 수수께끼를 우리 눈앞에 눈부시게 펼쳐보이는 예언자가 된 것이다.

* 오이디푸스와 관련해 1789년부터 1903년까지 살롱전에 출품된 작품 목록은, 1996년 스트라스부르 대학교에서 크리스틴 펠트르Christine Peltre 교수를 지도교수로 하여 제출된 파트릭 압살롱의 DEA(박사예비과정) 논문 〈살롱전의 오이디푸스Oedipe au Salon〉를 참고할 수 있다.

다리 아래서의 다섯 대화

장-폴 구 JEAN-PAUL GOUX

첫 번째 대화

못 오실 수도 있겠다고 생각했는데요.

왜?

아시잖아요, 미국 대학에서는 교수가 여학생을 개인적으로 만나는 게 완전히 불가능한 거. 더구나 학교 밖에서라면 더하지요!

자네 재미있구만!

뭐가요?

아니야, 아무것도 아니야. 신경 쓸 것 없어. 자네가 쓴 글에 대해서나 이야기하지.

제가 신경 쓰고 있다고 말씀드리지는 않았는데요.

타자기를 하나 구입하도록 하게. 1000프랑 밑으로도 소형 캐논, 아니 캐논이든 아니든 전동타자기를 구할 수 있을 거야. 왜냐하면 무엇보다도, 이 겹쳐진 글씨하며 이름을 성 뒤에 써넣는 중고생 때의 버릇도 그래! 타자기 하나 사게.

엄마가 하나 가지고 있어요. 그렇지만 이것을 다시 타자로 치는 짓은 안 하겠어요. 너무 길어요, 다른 할 일도 있고. 어쨌든 지금은 싫어요.

그런데 걷겠어, 아니면 앉아 있는 게 낫겠어?

선생님께서 제 글에 대해 어떻게 생각하시는지 말씀해주시면 좋겠어요.

좋아, 그러면 앉도록 하지. 왜 내게 자네 글을 맡겼나?

제 친구 하나가 작년에 선생님 강의를 들었는데, 선생님께서 책을 여러 권 쓰셨다고 제게 말해주었거든요.

누구지?

산드린 페르노예요

기억나는군. 그래, 그 여학생은 오래전부터 알았나?

데카르트 대학 고등사범학교 입시준비반 1학년 때부터요.

그 공부를 왜 계속하지 않았나?

지난 10월 2학년이 막 시작될 때 그만뒀어요. 그 분위기를 견뎌낼 수 없었죠. 그리고 라틴어 교수하고 잘 안 통했어요.

그것이 학교를 떠날 만큼 심각했나?

뭐 그런 거죠. 이 얘기 재미없네요.

요즘 읽고 있는 책에 관해 말해주었으면 좋겠는데.

왜요?

자네 참 이상하구만. 당연하지! 자네 글의 여기저기에서 내가 지적하려고 하는 것 때문이지. 하지만 우선은 자네가 내게 부탁한 글에서 내가 괜찮다고 생각하는 점부터 말하는 것이 좋을 듯싶은 데. 읽고 있는 것에 관해 말해보게.

요즘 읽은 작가는 아르토Artaud, 기 드보르Guy Debord, 시오랑 Cioran, 크리스티앙 보댕Christian Bodin, 참〈포르투갈 수녀의 편 지Les Lettres de la religieuse portugaise〉는 형편없었어요. 스티프 터Stifter, 발레르 노바리나Valre Novarina, 파리에서〈시간을 사는 당신Vous qui habitez le temps〉을 읽었어요. 그리고 바타이유의〈하늘빛Le Bleu du ciel〉을 읽고 있는데, 선생님께서 이 작품에 대해 수업시간에 말씀하셨기 때문이죠. 그런데 사실 왜 선생님께 서 우리들에게 이 책을 읽으라고 권하셨는지는 잘 모르겠어요. 그 이유를 좀 더 자세히 설명해주세요.

학교에서 친구들 사귀지?

전 사람들에게 관심 없어요. 게다가 시간도 없구요.

보니까 쓰는 글마다 날짜를 적었더구만. 어쨌든 많이, 아니 규칙 적으로 썼어.

주중에 써요. 학생 기숙사에 있거든요. 하지만 주말에는 불가능 해요. 부모님께 가는데, 열네 살짜리 여동생이 일부러 음악을 크 게 틀어놓아 저를 방해해요. 항상 싸우지요.

자네가 원하는 것을 다시 한 번 말해보지.

제 글에 대해 말씀을 좀 해주셨으면 좋겠는데요.

자네가 쓴 글을 다시 읽는 경우가 있나? 그러니까 퇴고를 하느냐 이 말이야.

전혀요. 진실된 것은 인위적이지 않지요. 다시 읽기는 하는데, 그 것은 글의 문법에 이상이 없는지 확인하기 위해서예요. 어떤 말들은 뜻이 좀 모호한 것을 발견하셨을 텐데요. 그런 때는 제가 그것에 대해 확실히 알고 있지 않았을 때예요.

설명을 좀 해봐. 애매한 것, 몽상적인 것, 난삽한 것을 그렇게 길고 완만한 표현으로 쓰면서 어떻게 동시에, 심지어 같은 페이지 안에 그렇게 예리한 분석과 진실된 고통, 유리된 육체, 공격받은 눈빛 따위의 격렬한 것들을 섞어 쓸 수 있는지 설명을 좀 해보란 말이야.

무슨 말씀인지 잘 모르겠어요.

여기 자네가 이것저것 베낀 것이 안 보여? 그리고 여기에는 자네만 만들어낼 수 있는 문장을 쓰고 있고 말이야.

그것은 인용이 아니에요. 선생님이 이 글들을 어디서 본 듯하신 것은 선생님의 독서량이 워낙 많으셔서 그래요.

사람을 크게 감동시키는군. 내가 정말 알고 싶은 것은, 왜 모든 것을 사람에게 피해 입은 듯한 시각에 기초해 쓰고 있느냐는 거야.

정신과 의사에게 물어봐야겠지요!

내가 말하려는 것은 그게 아니야! 말하는 방식이 좀 우습구만. 자네가 옳아! 자네 글의 가장 큰 장점은 그것이 어디 있는지를 모른다는 점이야. 자네 글 속에는 어떤 증오가 있어. 순간순간 느껴지

지. 바로 이 부분을 살려야 해. 추상이나 모호한 것들은 자네가
다룰 것이 아니야. 미안하지만 내 생각은 그래. 그런데 그 강간당
한 듯한 시선은 왜 그런 거야?

마음에 드는지 알지 못하니까요. 아니, 차라리 받아들이지 못할
것에 대한 두려움 때문이라고 해야겠네요.

그러면 증오는?

잘 모르겠어요.

내가 제안을 하나 할까?

…….

자네 글을 읽으면서, 토머스 번하드Thomas Bernhard 생각을 했
어. 그 사람 책을 읽었나?

누군지 모르겠는데요.

괜찮다면 토머스 번하드의 한 구절을 이용해 글을 풀어나가는 것
이 좋겠어. 내 생각에는 자네도 그 사람 작품에 흥미를 가질 수
있을 것 같아.

잘 모르겠네요. 계속 말씀해보세요.

"눈의 냉기, 그의 몸 전체에서 풍기는 암울함. 그의 내부에서 증
오가 생겨나 자신의 고통에 책임이 있는 자를 향해 점차적으로
커진다. 모든 인간에 대한 증오. 아니 이 세상과 결별하는 것도
그에게는 어렵지 않다." 〈양돈업자〉라는 그의 초기 작품에 있는
구절이지. 이 구절에서 출발해서 글을 써나가 봐.

해보기는 하겠지만 잘 모르겠어요.

나중에 필요하면 나를 보러오게.

이제는 제 글에 대해 말씀을 좀 해주셨으면 해요.

두 번째 대화

못 올 수도 있겠다고 생각했는데.

지난번엔 결석해서 정말 죄송해요. 말씀드렸듯이, 선생님을 만나는 게 월요일 아침이라고 생각하고 있었지 뭐예요. 그런 착각은한 적이 없는데, 정신이 나갔었나 봐요. 보통은 모든 것을 일기에기록해놓는데 말이에요. 그런데 그때는 별일이지 참 부끄러웠어요. 전 그런 짓 안 하는데, 그런 줄도 모르고 강의준비에 아주 만족해하고 있었어요. 언론 유파에 대한 발표를 할 참이었지요. 그러니 제가 결석할 이유가 전혀 없지 않아요? 바네사 가비오Vanessa Gabillot가 제가 결석했을 때 무슨 일이 있었는지 말해주었어요. 누군지 아시죠? 제 친구요. 지난번 화요일 오후 선생님 강의에 저와 같이 갔었지요. 선생님께서 학생들에게 질문을 많이 하셨다면서요? 훗날 하고 싶은 일이나 계획 그리고 학교생활 이외의 여가생활, 또 읽는 책……. 학생들에게 경제적인 혹은 집안의어려움은 없는지도 물어보셨다던데, 저는 운이 좋았네요.

걷겠나 아니면 앉아 있는 게 낫겠나?

모르겠어요. 선생님 원하시는 대로 하세요. 저는 상관없어요. 학생들이 선생님 강의를 참 좋아해요. 저도 참 좋아하구요. 그리고 또 말씀드리려고 했던 것은, 아 참, 제 가족 얘기를 시작했었죠? 계속할게요, 안 그러면 잊어버릴 거예요. 저는 혼자 살아요. 작년 부터지요. 부모님께서 오스트레일리아에 계시거든요. 그렇지만 저는 친구가 많아요. 학교에서도 그렇고 또 다른 곳에서도요. 현대무용도 하고 있어요. 전반적으로 잘하고 있는 것 같아요. 처음에는 스스로에게 저를 맡기는 것이 두려웠고, 또 어느 정도는 '되는 대로 살아가게' 되지 않을까 두려웠어요. 같은 말을 반복하고 있군요. 저 말 잘 못해요. 하지만 제 생각에는요, 시간관리는 잘하고 있어요. 그래서 말인데요, 도움 될 말씀을 좀 해주셨으면 해요. 왜냐하면 지금 저는 정말 혼자거든요. 무언가를 결정해야 할 때 참 힘들어요. 누군가에게 이런 것을 말할 수 있으면 좋겠어요. 친구들에게 할 수 있지만, 그건 좀 다른 거지요. 친척 아주머니가 한 분 계시는데, 멀리 메스에 사세요. 사실 아주머니한테 말하는 것도 다른 문제지요. 예를 들어 이 언론학교에 관해서 제가 해야 할 일을 선생님께서 말씀을 좀 해주셨으면 해요. 그리고 또 우리들끼리 종종 선생님 강의에 대해서 이야기를 하는데, 많은 여학생이 선생님 강의가…….

계속해보게, 듣고 있으니까!

어떻게 말씀드려야 할지 모르겠네요. 저는 복잡한 사람이 아니에요. 그리고 저는 저 자신을 방어할 줄도 몰라요. 저는 사물을 제가 느끼는 그대로, 보이는 그대로 말하는 것을 좋아해요. 선생님께서도 그거 잘 아시잖아요. 많은 여학생이 선생님 강의에 충격을 받았어요.

내 강의에 여학생들이 잘 이해하지 못하는 것들이 있다는 말을 하려는 건가? 아니면 그 여학생들이 내 강의 내용 중 어떤 것 때문에 생각하는 방식에 혼란이 생겼다는 말인가?

아니, 아니에요. 그런 얘기가 아니고, 선생님께서, 바로 선생님께서 여학생들의 마음을 흔들어놓고 있어요.

바보나 건방진 모습으로 비쳐지기를 원하지는 않아. 그러니 사실 그런 일은 피할 수 없는 것이지. 그렇지 않은가? 그래, 대학에서 일어날 수 있는 일이야. 모든 교수는 지식 전달을 직업으로 삼고 있으니 말을 잘하고, 그리고 학교라는 것이 무언가가 있기는 하겠지만 어느 여학생 하나가 그럴 수도 있지. 감정의 전이가 느껴질 때 나는 아무것도 못 본 척하지. 그러나 어쨌든 그런 것들을 느껴. 자네도 짐작했겠지만.

선생님 목소리도요.

그래 내가 금방 말한 것처럼 교수라는 사람들 말을 잘하잖아. 젊은 여학생 청중들 앞에서 말이야.

아니요, 말씀이 아니고 목소리요. 그 두 개는 전혀 다른 것이잖아요.

…….

어떤 애들은 필기를 하는 척하고 있지만, 사실은 선생님 목소리를 듣고 있는 거예요. 선생님께서는 알아차리지 못하시겠지만 드문 일이 아니에요.

잘 모르겠군. 왜 나에게 이런 이야기들을 하나?

왜냐하면…… 선생님께 진짜 이야기를 좀 할 수 있을까요? 그랬으면 정말 좋겠는데. 제가 혼자 살고 있거든요. 그래서 가끔 저녁에 저희 집에 모여 놀곤 해요. 보통은 토요일이지만, 월요일도 괜찮아요. 그러면 선생님께서도 오실 수 있겠지요.

정말 고마운 생각이야. 그런데 자네는 스스로를 복잡하지 않은 사람이라고 말하지만 일을 아주 복잡하게 만드는 것 같군. 다른 친구들과 함께 나를 초대하려면 구태여 그런 여학생들 이야기, 아니 지금까지 한 이야기는 필요가 없었을 텐데. 자네는 자네가 일을 어렵게 만드는 경향이 있다고 생각하지 않나? 나도 학생들과 저녁 한때를 보내는 일이 있어. 그러니 그렇게 이야기를 어렵게 만들 필요는 없을 것 같네.

네. 하지만 만일 아주 오붓한 저녁시간이라면요? 저녁식사 같은 것은 어떻지요?

가끔 학생 집에 저녁 초대를 받아 가곤 하지. 물론 대부분 결혼한 사람들이니, 부부에게 초대를 받는다고 해야겠군.

좋아요. 하지만 만일 제가 혼자라면요? 왜냐하면 저는 또 다른 생각도 있거든요. 말씀드릴까요? 저는 선생님께서 이해를 하시리라고 확신해요. 굉장한 일인 것 같지만 사실 아주 간단한 일이에요. 그래요, 저는 선생님께서 월요일 밤마다 코메르스 호텔에서 주무시는 것이 바보짓이라고 생각해요. 더구나 그 호텔 형편없잖아요.

어떻게 그걸 알아, 도대체 내게 무슨 이야기를 하고 있는 건가?

어느 날 저녁에 선생님께서 그 호텔로 들어가시는 것을 보면서 많이 생각했어요. 그리고 선생님께서 저희 집에서 주무시는 게 좋겠다고 결론지었어요. 저희 집에는 공간이 넉넉하거든요. 선생님도 훨씬 편안하실 거구요. 선생님께서 제 방을 쓰시고 목로 스낵에서 저녁을 드시는 대신 제가 선생님께…….

아니, 도대체 이야기가 통하지를 않는군. 그런 일은 불가능해!

아니에요! 고린느 펠해트Corinne Pelhatte가 그 식당에서 아르바이트를 해요. 그애가 선생님을 봤대요. 선생님께서 항상 저녁을 드시러 그 식당에 온다고 제게 말해주었어요. 물론 이런 제안이 좀 터무니없는 듯하지만, 사실 아주 간단한 문제예요. 사람들은 사는 것을 너무 복잡하게 생각하는 것 같아요. 선생님께서도 좋으실 거예요. 그리고 저는 저녁마다 궁금한 것이 있으면 선생님께 여쭈어볼 수도 있구요. 소피Sophie한테 이런 이야기를 했었죠. 그애하고 같이 현대무용을 배우거든요. 그애는 선생님께서 저를 황당해하실 거라고 하더군요. 하지만 저는 제 생각을 선생님께 말씀드리지 못할 이유는 없다고 생각해요. 만일 사람들을 진실로 대하지 않는다면 그 사람들을 볼 필요가 없지요. 이제 참 만족스러워요. 선생님께 말씀드리지 못할 것이라고 생각했었거든요. 그런데 이제 했잖아요. 열쇠를 하나 드릴게요. 제가 없더라도 들어가실 수 있을 거예요.

할 말이 없군! 자네 말대로 황당한 이야기야. 그런데 자네는 그것이 얼마만큼 황당한지는 헤아려보지 않은 듯하군. 자네 제안은 불가능한 거야. 잠시라도 내 입장이 되어 생각해보게!

왜 그런 말씀을 하세요? 제가 너무 예뻐선가요? 그 점을 꺼리실 거라고 짐작하기는 했어요. 아니면 저 같은 빨간 머리를 좋아하지 않으시기 때문이군요?

자네는 정말 예뻐. 빨간 머리에다가…… 춤을 추고 있고……

자네는 믿을 수 없을 거야. 자네에게 이 이야기를 할 생각이 없었는데, 자네가 내게 그 말을 듣기를 원할 수는 있는 거지. 하지만 내가 자네를 예쁘다고 생각한다고 해도 상황은 바뀌지 않을 것이고, 또 내가 이런 말을 한다고 자네가 놀란 척할 필요는 없는 걸세.

하지만 제가 예쁘다고 생각하시면…… 저도 선생님이…… 선생님은 제가 여학생들에 대해 이야기할 때 저를 이해 못하셨어요. 사람들은 그런 욕망을 갖지 않고도 서로 끌릴 수 있는 거예요. 저는 선생님께서 저녁에 오셔서 계셨으면, 그리고 저를 도와주시고 말씀도 해주셨으면 하고 바랐어요. 더 이상 아무것도 이해할 수가 없어요. 제가 그런 것을 원한다고 말씀드리지는 않았잖아요…….

선생님은 저를 완전히 오해하신 것 같아요. 그건 선생님께서 제가 느끼고 있는 것을 이해하지 못하시기 때문이에요. 무슨 말씀 좀 하세요. 저는 지금 선생님의 말씀을 들어야만 해요.

세 번째 대화

못 올 수도 있겠다고 생각했는데.

저는 잠을 거의 안 자요. 아주 일찍 일어나지요. 몇 주 전부터 많이 걷고 있어요. 선생님을 기다리고 있었지요.

그러면 걸을까? 피곤하지 않으면.

〈죽은 이들의 태양Le Soleil des morts〉에서 샤를Charles이 클레망스Clémence와 같이 걷는 것이 힘들어 끌레망스가 바보처럼 걷는다고 표현하셨었지요. 더 이상 아무것도 함께할 수 없을 것이라고 깨닫는 장면이 참 좋았어요.

그 작품 읽었군! 기쁘구만.

저는 선생님 작품을 모두 읽었어요. 모두 다 사서요. 2년 전 〈헬무트 호크바이즈Helmut Hochweise〉를 읽은 후 그보다 더 아름다운 것은 읽지 못했어요.

정말 고마운 얘기지만 내 책에 관한 말을 하기 위해 내가 자네를 보자고 한 것은 아니라는 사실을 알고 있겠지? 자네도 알겠지만 나는 학생들 앞에서 내가 쓴 책을 인용한 적이 없네. 따지고 보면 당연한 일이고.

알고 있어요. 저도 선생님 책에 대해 말씀드리려고 하는 것은 아니에요. 선생님에 관한 말을 하려고요. 그리고 저에 대한 것도요.

강의에 관한 이야기인가? 뭐가 잘못된 것이 있나? 자네 점수가 아주 좋던데, 제출한 보고서도.

제가 무엇에 관해 말하고 있는지 잘 아시잖아요. 일을 더 어렵게 만들지 마세요. 이미 너무 복잡해요. 제가 왜 선생님 곁에서 이런 식으로 걷고 싶어하는지 잘 아시지요? 저는 오랫동안 선생님의 말씀을 기다려왔어요. 너무 기다리다 죽을 지경이었지요. 이제는 그것에 대한 말씀은 없으리라는 것을 알죠. 왜냐하면 선생님은 그렇게 하실 수 없으니까요. 선생님께서는 어떤 여학생한테 참 친절하다고 말하실 수는 있죠. 아니 참 매력적이라고 말씀하실 수도 있고요. 소문은 퍼져요. 아시잖아요! 사람들은 말이 많죠! 여학생들은 그런 말을 좋아해요. 투덜거리기 좋아하는 여학생들이나 못생긴 여학생들에게만 그런 말을 안 하시면 돼요. 그 아이들은 그런 말을 충격적으로, 혹은 그애들 표현대로라면 다른 뜻이 있는 것으로 받아들이거든요. 골치 아픈 상황에 처하신 거예요. 선생님께서는 제가 마음에 든다는 말을 못하실 거예요. 제가 지금 선생님께 이런 말씀을 드리지 않는 한 말이지요. 제가 아침마다 걸으면서 무슨 생각을 한다고 생각하세요? 팔짱을 좀 낄게요.

잘 모르겠군. 믿어주게. 자네와 나 사이에는 많은 사람이 있어. 아름다운 여자라는 것이 얼마나 끔찍한 것인지 자네는 모를 걸세. 특히 자네같이 아름다운 여자 때문에 가슴이 뒤집힌 내 나이의 남자에게는 말이야. 자네가 내 마음을 뒤집어놓았다는 건 알고 있겠지?

선생님의 마음을 동요시킨 여자애들이 선생님께서 그애들의 마음을 흔들어놓았다고 말하기를 기다리고 계시죠. 자, 제가 말할게요, 선생님께서 제 마음을 흔들어놓으셨어요. 오래전부터요.

그런데 선생님께서는 우리의 나이 차이를 말씀하시고 계시네요!
남들이 주는 것을, 만일 그것을 원하셨다면, 포기하지 마세요.
난 아무것도 요구하지 않아. 자네의 아름다움이 내게는 고통이
야. 이런 순간을 내가 얼마나 기다렸는지 아나! 자네와 나 사이에
는 많은 것이 가로막고 있네. 자네는 당연히 그것을 느끼겠지?
무엇이 두려우세요? 왜 제가 선생님을 두렵게 만들지요?
자네는 아름다움이라는 것에 대해 아무것도 몰라. 자네에게는 아
름다움이 깃들어 있네. 자네에게 어떻게 설명을 해주어야 할지
모르겠지만 말이야.
제가 아름다워서 선생님과 가까워졌다면, 제가 정말 아름다운 것
이겠죠! 그 아름다움을 선생님께 드리겠어요. 선생님께서는 제
아름다움을 알아보셨으니까요. 하지만 선생님께서 모르고 계신
것은 제 또래의 남자애들이 얼마나 견디기 힘든 존재인가 하는
거예요. 상상하실 수도 없을 거예요. 저는 선생님께서 저와 무엇
을 해야 하는지 모르고 계시기를 원해요. 왜냐하면 선생님께서
그것을 아실 때면 저라는 존재에 대한 걱정 이외의 다른 걱정은
없으실 테니까요. 그리고 저라는 존재는 선생님께 예쁜 대상이지
요. 그러니까 저는 그렇게 남아 있기를 바라는 거예요. 선생님을
위해서 한없이 예쁘게요.
그럼 자네 앞에서 나는 누군가? 왜 나를 선택했나? 자네에게 걸
맞은 섬세하고, 잘생기고, 매력이 넘치는 그런 녀석들을 다 놓아
두고 말이야!

왜 갑자기 그렇게 비장해지세요? 왜 선생님께서 그런 생각을 하시는지 말해줄 사람은 제가 아니잖아요? 제가 선생님께 드려야 할 말씀은 선생님과 같이 지내고 싶다는 거예요. 그래요, 이게 제가 하고 싶은 말이에요.

내가 자네 머리카락의 내음을 맡게 될 때, 내가 자네를 바라보게 될 때, 자네의 움직임을 주시하게 될 때, 내가 자네의 몸에 손을 대게 될 때, 내가 무슨 말을 할 수 있을까? 또 자네가 미소 짓는 것을 보게 될 때 난 어떻게 될 거라고 생각하나?

아름다울 거예요! 우리는 얼마나 아름다울까요!

네 번째 대화

못 올 수도 있을 거라고 생각했는데.

늦지는 않았지요? 사실은 시간을 착각했어요. 8시 15분에 도착해서 일찍 왔다고 생각하고 커피 마시러 갔었어요. 어쨌든 저를 기다리지는 않으셨지요? 정말 죄송해요.

안심해, 나도 막 도착했어. 그건 그렇고 아무도 방해하지 않는 곳에서 자네를 보니 기쁘군.

저도요, 저도 참 기뻐요.

할 말이 많아. 시간이 좀 있나? 바쁜 것은 아니지?

아니에요! 시간 많아요. 저도 선생님께 드릴 말씀이 많았어요.

많았다고? 그러면 이제는 할 말이 없나?

아휴, 아니에요! 그 반대예요. 그러니까…….

웃자고 한 얘긴데.

그래요, 사실 저는 유머 감각이 없어요. 순간적으로 완전히 바보가 된 느낌이었어요.

걷고 싶어, 아니면 앉는 게 낫겠어?

앉고 싶어요, 선생님께서 괜찮으시다면요. 하지만 선생님께서 원하신다면 걷는 것도 좋아요.

그럼 우리 앉지. 여기 괜찮나?

예, 정말 좋네요.

난, 이 장소가 좋아, 사람들이 말하는 명당이지! 그렇지 않나?

그러네요, 그 전에는 몰랐었는데. 강둑까지 와본 적은 없거든요.

자네에 관한 이야기를 좀 들려주었으면 좋겠어. 하지만 먼저 내가 자네를 참 좋게 생각하고 있다는 것을 알아주었으면 하네. 자네는 좋은 학생이야, 아주 성실하고 말이야. 그리고 이런 것은 말해서는 안 되는 것이지만, 또 이런 말을 하는 것이 오해의 여지가 있는 바보짓이라는 것은 알지만, 자네는 참 매력적이야. 자네가 제출한 글을 읽어보았네. 아주 좋더구만. 혹시 자네가 음악을 한 적이 있지 않을까 생각했네. 악기를 다루나?

제가 좋은 학생인지는 잘 모르겠어요. 하지만 선생님과 함께는 재미있어요. 그래서 공부도 잘되고요. 하지만 고전 프랑스어 시간에는 정말 죽겠어요.

악기를 다뤄?

아주 어렸을 때부터 첼로를 연주했어요. 제 오빠는 피아노를 했고, 제 여동생은 바이올린을 했지요. 동생은 파리에 있는 음악학교에 입학할 거예요. 그애는 진짜 음악가예요. 저는 아니지요.

요즘 어떤 공부를 하고 있나?

포레Fauré의 〈엘레지Élégie〉와 글라주노프Glazunov의 〈콘체르토 Concerto〉를 연주해보려고 노력하고 있어요. 물론 첼로를 위한 부분이지요.

우리 둘에게 흥미 있는 이야기를 할 수 있을 거라고 생각하나?

어떤 이야기요? 잘 이해가 안 되는데요.

아니야, 자네는 잘 이해하고 있어.

아니요, 정말 모르겠는데…… 이상하게도 요즘 이런 일들이 제게 자주 일어나요. 사람들과 저 사이에 무슨 차광막 같은 것이 있는 것 같아요. 사람들과 저의 소통을 막는 무언가가 있어요. 요즘 장애자가 된 기분이에요. 그런데 왜 그런지 전 알지요.

무슨 말을 하려는 거지? 어쨌든 나를 용서하게. 내가 너무 무례했군.

아니에요, 전혀 아니에요. 저도 선생님께 그 말씀을 드리려 했어요. 왜냐하면 그것 때문에 강의에 집중할 수가 없었거든요. 사적인 이야기라…….

그러면 잘 듣게, 내가 무례해도 할 수 없네만.

남자 친구가 하나 있었어요. 그런데 지금은 끝났어요. 지난 12월이었지요.

그러면 그 친구 쪽에서 먼저…….

아니에요, 저예요. 그애는 너무 어렸어요. 계속될 수 없었지요. 차라리 잘된 거예요. 어쨌든 제 주위의 남학생들에게는 흥미가 없어요. 성숙미가 전혀 없잖아요.

자네는 스스로 그렇게 늙었다고 생각한다 이 말이지!

어떻게 보면 그렇지요. 저는 항상 그런 감정을 지니고 있었어요. 아마 나이가 많은 오빠가 있어서일지도 모르지요. 제 체감 나이는 실제 나이라기보다는 오빠의 나이 또래인 것 같아요. 제가 하려는 이야기를 이해하시는지 모르겠네요.

그런데 자네와 다른 사람과의 소통을 방해한다고 하던 차광막하고 이 이야기하고는 무슨 관계가 있는 건가?

저 사랑에 빠진 것 같아요.

그런 고백을 들으니 뭉클해지는군. 하지만…….

지난 10월부터예요.

그래.

하지만 선생님께는 말씀드리지 않겠다고 다짐했는데, 결국 그렇게 안 됐네요. 저를 철없이 달떠 있는 애로 취급하시겠지요. 이런 일이 생기면 항상 그렇게 하셨잖아요. 저도 다른 경우와 다를 게 없지요. 오기 전에 선생님께서 저에게 너무 강한 인상을 풍기시리라 생각했어요. 그래서 저는 말씀도 못 드릴 것이라고 생각했지요. 그런데 왠지 모르게, 이제는 덜 두렵네요. 그러니까 그게 선생님께 제가 말을 할 수 있고, 또 선생님께서 이해하실 수 있을 거라는 느낌이 들어요.

지금은 내가 이해해야 하는 것이 무엇인지 잘 모르겠는걸!

고전 프랑스어의 레브로Réverault 교수님께서……. 선생님, 절 좀 도와주세요.

레브로가? 그 조그만 사람 말이야? 목소리만 이상하게 큰 그 사람?

제가 할 일을 말씀해주세요. 반지를 안 끼셨던데, 그래도 혹시 결혼을 하셨나요?

다리를 좀 풀까. 자, 좀 걷자고.

다섯 번째 대화

못 올 수도 있을 거라고 생각했는데.

저를 두렵게 하는 것으로부터 저는 도망치지를 못해요.

내가 자네를 두렵게 한다고 생각하지는 않았는데.

제 두려움이 저를 떠나질 않아요. 왜냐하면 그 두려움이 제 내부에 자리 잡고 있기 때문이지요. 그러나 저는 제 두려움 때문에 선생님께서 겁을 먹을까봐 걱정했어요. 왜냐하면 제 두려움이 너무 크기 때문이에요.

그 두려움이 내게 낯설다고 말하지는 않았는데.

제 두려움 때문에 선생님께서 도망가시리라고는 생각하지 않았어요. 저는 그렇게 안 되기를 빌었어요. 그렇게 안 될 것을 알고 있었고요.

걷겠나, 앉겠나?

떨리는군요. 선생님을 바라보고 있지만 선생님을 볼 수가 없어요. 움직이고 싶지 않으니, 제가 선생님을 보고 있는 동안 저를 좀 그렇게 바라봐주세요.

왜 우리가 서로를 파악할 수 있어야 하지? 탈진할 때까지 그저 바라만 보겠어.

이미 저는 탈진상태를 넘어섰어요. 더 이상 제게 어떤 일도 일어나지 않을 거예요. 그렇다고 말해주세요.

자네를 만져보겠다고 만 번도 더 생각했어. 시도도 못해보았지만!

아니에요, 알고 계시잖아요. 선생님은 저를 만졌어요. 그 목소리와 눈빛으로 오래전부터 말이에요.

글쎄.

그렇다고 다시 말씀해주세요.

자네의 벗은 모습을 볼 것이라고 천 번도 더 생각했었네.

그래요, 저도 그런 생각을 했어요.

나는 자네가 쓴 "그녀는 적나라한 나체였다"라는 구절을 만 번도 더 되뇌었어. 어디서 습득한 표현이지?

저를 떨게 하는 이 두려움으로부터요. 제가 얼마나 떨고 있는지 좀 보세요. 선생님, 잘 아시다시피 우리는 모든 것을 알고 있잖아요. 어떤 일도 일어날 수 없어요.

우리는 곧 헤어져야만 한다고 자네가 말했지 않았나?

'곧'이라니 무슨 말씀인지 잘 모르겠군요. 이제는 서로 할 말을
다했다는 뜻인가요?

어쨌든, 모든 것을 다 알고 있다면 더 이야기할 것이 있나?

일은 벌어졌지만 아직 모든 것을 이야기해야 해요. '곧'이라는
것은 존재하지 않아요. '곧' 이전에는 수많은 시간이 있어요.

자네가 예쁘다고 천 번도 더 생각했었어. 그리고 나 자신은 추잡
하다고 만 번도 더 생각했지.

외부로부터 온 그 생각들을 억제하실 수 없다는 걸 잘 알았어요.
그 생각들은 선생님 것이 아니에요. 신경 쓸 것이 아니지요. 제가
얼마나 떨고 있는지 좀 보세요. 좀 보세요, 제발.

나는 자네가 예쁘다고, 또 자네의 벗은 모습을 볼 것이라고 천 번
도 더 생각했어.

다시 말씀해주세요.

무엇이 두려운가?

저를 두렵게 하는 무언가가 있는 것은 아니에요. 저의 내부에 두
려움이 살고 있지요.

항상?

지금 일어나는 이 일 때문이에요. 이 일은 저주예요. 그러나 저는
그것을 받아들이겠어요. 왜냐하면 저는 행복의 갈구 따위에는 관
심이 없기 때문이지요.

자네가 미소 짓는 것을 본 기억이 나는군.

어느 날 아침이었어요. 선생님의 시선이 저에게 멈추었을 때였어요. 자연스럽게, 단번에, 그 많은 얼굴 그 많은 사람 틈에서 말이에요. 제 과실이었어요. 하지만 딱 한 번이었어요. 아시잖아요. 선생님의 환심을 사려는 태도 때문에 저 자신이 증오스러웠어요. 그리고 저를 기다리던 운명에 반항했어요.

자네를 기다리던 운명이라니?

제게 일어난 이 불가능한 일 말이에요.

자네, 무엇 때문에 왔나?

이 불가능한 것, 그것을 인정하려면 일단 사실로 받아들여야지요. 제가 거기에 있었으니까요. 제가 꿈을 꾸고 있었던 것은 아니니까요. 불가능한 것이라고 해서 그것이 곧 금지된 것은 아니지요.

왜 불가능하다는 건가?

왜 그런지는 저만큼 잘 아시잖아요.

모든 이야기를 다해야 한다고 자네가 말했잖나?

그래요. 저는 제가 알고 있는 것을 모두 이해하고 있지는 않아요. 탈진상태를 넘어섰는데도 우리를 지탱해주는 것이 무엇인지 알고 있어요. 우리가 만지려고 하는 것, 그것이 바로 불가능한 것이에요. 그 나머지 것들, 세월이 지나면서 온화하다는 것, 기쁘다는 것, 사랑스러운 것, 입가에 미소를 띠게 하는 것 따위들은 우리를 위한 것이 아니지요. 우리 떠나요. 아무것도 시작하지 말고요. 그게 우리의 몫이에요. 선생님과 저 사이에는 아무것도 가능한 것이 없어요. 탈진상태를 넘어서 그냥 그렇게 서 있는 것 말고는 다른 할 일이 없어요. 아시지요, 선생님?

어떻게 내가 그것을 알 것이라고 생각하지? 어떻게 타협하지 않는 것이 자기 만족과 다른 것이라고 생각하느냐 말이야?

선생님의 생각과는 다른 말씀을 하시면 선생님을 미워할 수 있을 거예요. 제가 떨 때 선생님을 떨게 하는 그 무엇만이 진실이에요. 저 역시 선생님의 체온 속에서 깨어나는 아침을, 또 선생님의 눈길을 받으며 잠드는 밤을 천 번도 더 꿈꾸었어요.

나는 자네의 옷 하나하나, 머리장식 하나하나를 모두 알고 있어. 그리고 어깨에 걸치던 파란색 털실 스웨터도 생각나는군. 마음속으로 천 번이나 나는 자네 블라우스의 단추를 하나 둘씩 풀었지.

만 번이나 제 가슴을 애무하는 선생님의 손을 상상했고, 그때마다 만 번이나 제 눈을 감았어요.

그런데 왜 불가능하단 말인가? 대답 좀 해봐.

우리를 떨게 하는 것은 달아오른 욕망 때문만은 아니에요. 차라리 이 상황을 끝내고 싶은 마음이 생길까봐 두려운 거지요. 서로 헤어지려는 생각을 할까 두려운 거예요.

왜 나를 자네 또래인 것처럼 생각하나?

지적 능력에는 나이가 없어요.

아름답군.

무서워요.

아름다워.

사랑해요.

나는 자네를 바라보고 있을 뿐 자네를 볼 수는 없네.

사랑해요. 선생님도 같은 말을 하실 거라는 것 잘 알아요.

자네로부터 멀어질 수 없을 것 같아.

저를 꼭 안아주세요. 그리고 항상 지켜주세요.

떨리는군.

안아주세요!

그래.

사랑해요.

자네는 아름답고 나는 늙었어.

선생님을 보아야겠어요. 지금요.

오이디푸스에서
바보들까지: 경험에 기초한 몇 가지 노트

주세페 만프리디 GIUSEPPE MANFRIDI

오이디푸스, 연극이 진행되는 동안 그 누구보다 강하지만 대단원에 이르면 폐인 중의 폐인이 되어버리는 이 인물의 경우를 생각해보자. 오이디푸스를 다룬 수많은 경우 중에서, 내가 알고 있기로 장 콕토만큼 이 인물에 대해 인상적이고 적절한 정의를 내린 이는 없었다. 장 콕토는 이 고대 테바이 지역의 전설을 다시 읽으면서 '지옥의 기계'라는 제목을 붙였다. 그는 이 전설에서의 모든 변신을 ⟨지옥의 기계⟩에 은유하며 읽고 있다. 모든 극작법이 다루고 있는 삶의 문제로부터 시작을 해보자. 한 사람이 태어나 자라고 죽는다. 더 이상 무슨 줄거리가 필요하겠는가? 보다 조소적으로 말하면, ⟨오이디푸스⟩보다 더 간단명료하고 충격적이며 효율적인 시나리오가 어디 있겠는가?

내가 이 말을 하는 이유는 모든 역사는 그 자체로 자연스럽고, 신화라는 것은 변화, 발전해나가는 것이라는 믿음에 찬성하기 때문이다. 아리스토텔레스는 그의 〈시학〉에서 이렇게 말한다. "이러한 이유로 비극은 항상 한정된 수의 친족들 간에 벌어진 이야기여야 한다. 결국 새로운 주제에 대한 영감을 찾는 시인(극작가)들은 통상적인 법칙에 얽매여 있을 때가 아니라, 우연에 의해 자신들이 쓰는 비극에 그러한 전설을 활용할 필요를 느낀다. 그래서 시인들은 아주 극적인 사건을 경험했던 집안의 역사에서 주제를 빌려오게 되는 것이다."

우리의 논점으로 돌아가도록 하자. 오이디푸스는, 만일 이야기의 줄거리에서 떼어놓으면 아무런 의미가 없는 인물이다. 물론 그리 간단한 문제는 아니니 잘 생각해보자. 그에게 일어난 일이나 또 일어나고 있는 일, 그리고 일어날 일 말고는 우리가 그에 관해 알고 있는 것이 무엇인가? 아무것도 없다. 로미오에 대한 사랑 말고는 우리가 줄리엣에 관해서 아는 것이 아무것도 없고, 로미오에 관해서도 그가 로잘린이라는 여인에게 연정을 품은 적이 있었다는 것을 제외하고는 거의 아는 것이 없는 것처럼. 차라리 머큐쇼를 보자. 그는 완전히 줄거리 외적인 존재이고, 그를 묘사하는 극중 서술로부터도 완전히 자유롭다. 〈오이디푸스〉에서 테이레시아스도 바로 그런 인물이다. 예언가인 그는 자신이 하는 세상일에 대한 예언과는 별개로 자신의 운명까지도 점치는 존재다. 반대로 오이디푸스는 사건 속의 인물일 뿐 사건 밖에서 그 사건을 움직이는 인물은 아니다. 우리가 알고 있듯 낯선 운명이 그의 의지와 상관없이 진행되었다는 의미에서, 그는 작품의 주인공이 아니다. 궁극적으로 그에 관해 흥미로운 것은, 그가 실체를 지닌 인물이 아니라 부재와 진공 상태를 나타내는 초월적 자아라는 점이다. 그 진공은 스스로를 채우기 위한 갈망으로 이어진다. "오이디푸스는 존재하고 싶어한다. 그리고 이를 위해 그는 스스로를 알려고 한다." 그러나 이 욕구는 그의 내부에 있는 그 무엇을 알기 위한 것이 아니라 그의 외부에 있었던 것을 알기 위해서다. 그의 삶에서, 이 세상에 연루된 삶에서 그는 무엇을 해야 할지 모른다. 아니, 이렇게 이야기하자. 그는 그에게 닥쳤던 모든 일을 알며 기억하고 있고, 또 그 일들이 결과적으로 불행하고 타각적他覺的일 것임을 짐작하고 있으나, 그 의미를 이해하고 있지는 못하다.

우리에게 오이디푸스가 흥미로워지기 시작하는 것은 바로 정확히 이 시점, 그가 스스로에게 흥미를 느끼기 시작하고 현실과 대화하기 시작하는 순간부터다. 비트겐슈타인Wittgenstein의 정의를 따르면, 오이디푸스는 '사건들의 총체', 즉 '세상'에 직면했다. 그가 실행하는 모든 행위는 그것이 끝나는 순간 그에게 완벽하게 이중적 의미로 나타난다.

그래서 일종의 급작스러운 철학적 '광기'에 사로잡힌 오이디푸스가 위험을 감수한 모험을 하는 것은 이 '사건들' 사이에서다. 개종한 자의 종교적 열정과 같은 열정을 가지고, 사건들 사이에서! 그 거대한 정글에서!

이 모든 것에 대한 '탐지작업'의 한가운데 우리가 위치한다. 우리는 이 극이 어떻게 끝나는지 알고 있지만, 그렇다고 우리를 사로잡는 페이소스가 감소되지는 않는다. 어떻게 이것이 가능한가? 아마도 실질적인 결말이란 서술적 결말이나 허구적 결말을 뛰어넘는 '탐지작업' 그 자체이기 때문일 것이다. 결국 그 변신은 주인공을 인도할 시한폭탄, 즉 행위를 중단시키는 그 상징을 알아차리는 것이며, 자신을 만나는 것이다. 우리는 이 일이 벌어질 것을 안다. 우리가 그것을 아는 이유는 그 일이 이미 벌어졌기 때문이며, 비트겐슈타인이 그렇게 썼기 때문이다. 우리는 현재 그것이 우리의 눈앞에서 반복되기를 바라는 것일 뿐이다. 마치 예배의식을 반복해서 보는 것처럼 말이다. 우리는 어떤 사실에 반항하고 싶은 것이다. 적나라한 사실에 대해서. 마치 그런 일은 허구가 아닌 현실에 있어서는 영원히 일어날 수 없는 것처럼. 어떻게 보면 '재인식'의 문제인 것이다. 그것은 미리 짜여진 감정의 전개과정 중에서 그 절정인 것이다. 우리가 오이디푸스에게 요구하는 것은 바로 이것이다. 전개되는 그의 이야기가 우리에게 약속하는 하나의 현실, 다시 말해 자신과의 만남이다. '자신과의 만남에 대한 공포'다. 소수에게 짐 지워진 불행이다. 그러나 우리의 악몽은 이 '사건들'이다. 이 사건들은 어제의 사실에 비해 그 중요성이 덜하지 않다. 그 둘 사이에는 반대로 어떤 완벽한 균형이 존재하고 있다. 그것은 냉정한 민주주의다. 하나의 테이블이 다른 테이블보다 더 테이블다울 수는 없는 것처럼.

그러나 소포클레스에 의해 서술되는 이야기의 전개를 따라가는 것이 의미를 지닌다고 그것을 다시 쓰는 것도 의미를 지닐 수 있는가? 어떤 논리로도 그 의미는 찾을 수 없다. 그러나 논리가 삶의 원동력은 아니다. 논리는 삶을 탐구하는 것일 뿐이다. 반복은 인간의, 동물 모두의 본능이다. 예술에 대해서, 또 고전 작품을 다시 쓰는 것에 관해서 이야기를 할 때를 제외하고는, 우리는 이 본능을 새로운 것을 만들려는 욕구와 항상 혼동하는 경향이 있다. '휴브리스'(고대 그리스 윤리·종교 사상에서 질서 있는 세계 속에서 인간의 행동을 규제하고 있는 한계를 불손하게 무시하는 자만 또는 교만을 일컫는 말—브리태니커 백과사전)의 원죄인가! 내 경우는 다르다. 내게 흥미 있는 것은 모델들이다. 모델들은 어떤 문체의 전형이 아니다. 모델은 전형을 앞선다. 그래서 오이디푸스 이야기는 소포클레스를 앞선다. 이 이야기는 소포클레스 이전에도 이후에도 있는 것이다. 결국 아리스토텔레스가 한 말이 아닌가?

이미 이야기된 것을 반복하면서도 한 번도 씌어지지 않은 것을 쓰기 위해 우리가 사용하는 형식들 중 하나가 바로 패러디이다.

나의 〈바보들Zozòs〉은 이러한 의미에서 씌어졌고, 또 이미 패러디되었던 이야기의 반복이다. 명백히 한 걸작의 패러디이고, 희극적 관례에 이르게 되는 여러 문체의, 또 무언극과 소극의 모방이다.

여기서 이야기되고 있는 것은 대충 다음과 같다. 붙임성 있는 여인 하나가 체육관에서 자신을 유혹하는 잘생긴 사내 녀석 하나를 만난다. 남녀가 바뀐 구애의 연극을 한 후 이 여인은 자신을 그의 아파트로 초대하도록 젊은 남자를 유도한다. 이유는 뻔한 것이었다. 아파트에 도착하여 사건은 빨리 진행된다. 깔끔한 단칸방은 젊은 남자의 미숙하지만 힘 있는 리드로 단번에 불타오르는 침실로 변한다. 그러나 성애가 절정에 다다르자 일이 생긴다. 서로 이유 없는 반항에서 출발했지만 넘치는 욕망에 이끌려 이 두 젊은이는 서로 떨어질 수 없는 상태가 된다. 육체적 쾌락의 노예가 되는 것이다.

내가 텍스트에 대해 다시 말할 수 있는 유일한 것은 이야기 속에 이 한 쌍의 연인들 이외에 젊은 남자의 아버지 토비아 To-bia—그는 뛰어난 산부인과 의사지만 어설픈 지식인이다—와 토비아의 옛 학우이며 육욕의 화신인 비체de Bice라는 여인이 등장한다는 사실이다. 그러나 이 모든 인물이 있다 해도 아직 연극이 완성된 것은 아니다. 단지 연극의 시작일 뿐이다. 하나의 약속이다. 시나리오는 진행되고, 과감하고 밀도 있는 연극적 시도들로 구색이 갖추어질 것이다. 때로는 노랗고 때로는 장밋빛이며(핏빛에 가까워지는) 혹은 검정색인 그런 연극이다. 비극적이고 고대풍이다.

결론으로 질문을 하나 하자. 격정적이지는 않지만 첨예한 논쟁을 불러온 언어에 대한 질문이다. 작품은 너무나 세련되어 부자연스럽기까지 한 기록을 기초로 하고 있다. 나는 이탈리아 말이, 좋은 문장이라면 그 자체로 패러디풍이라고 확신한다. 그리고 나는 이탈리아어가 아주 좋은 언어가 되기를 원한다. 요컨대 극도로 패러디풍의 말이 되기를 원하는 것이다. 그리고 내 머릿속에서는 확실히 코믹한 언어가 되기를 원한다.

언어는 가면이다. 그러나 가리지 않는다. 반대로 증폭시킨다. 그것이 비극이든 희극이든 혹은 극단적인 것들의 배합이든, 결말은 그로테스크할 수밖에 없다. 그럼 〈바보들〉은 그로테스크한 연극인가? 그렇다. 동시에 이 작품은 비극이다. 철저한, 그러나 그로테스크한 비극이다. 이 모든 노력은 오이디푸스의 이야기를 재구성하기 위해서가 아니라, 정확히 말해서 그것을 반복하기 위해서다. 이것은 궤변이 아니다. 재구성과 반복이라는 두 표현 사이에는 의미에 근본적으로 차이가 있다.

발췌된 부분은 마지막 막인 3막에서 가져왔다. 이는 소포클레스가 숨겨져 있던 비밀들을 드러내는 장면들에 해당한다. 티토Tito와 비체는 항상 서로에게 갇혀 있다. 그리고 그들의 나체를 가려주고 있는 낙하산에 둘러싸여 있다. 반면 티토의 아버지 토비아는 그가 믿고 있는 바와 달리 자신이 비체의 연인이 아니었다는 사실을 알게 됐다. 그는 이 사실에 놀라 정신을 잃었다. 이 것은 종국의 시작이다. 완벽하게 자신과의 만남이 시작된다.

〈바보들〉, 제3막

토비아: (허공에 말을 하듯이) 그러니까 그날 밤 우리가 그것을 함께 하지 않았다는 거지. 그건 내가 아니었어.

비체: 확실해요.

토비아: 다른 사람이었어. 그러면 누구지?

비체: 아마 방을 혼동했었나 봐요.

티토: 수학여행 도중 아침 조회 때였어요. 술을 한잔했을 때지요.

비체: 우리 경우에는, 술을 한잔했었을 때예요.

토비아: 하지만 어떻게 내가 틀릴 수가 있단 말이야? 어떻게 틀릴 수가.

비체: 아니면 내가 남의 방에 가서 기다리고 있었을 수도.

토비아: 그렇게 돼서…… (그는 찻잔을 비우고, 위엄을 갖춘다) 두 낯선 사람이…….

(시간이 흐른다. 토비아는 생각에 골몰해 있다)

토비아: 그랬었군. 나와 함께 있었던 여자는 당신이 아니었어. 그

러니까 그 여자가 그런 말을 했었던 거야. 그 여자가 내 목덜미에 두른 사자 발이 자신의 젖가슴을 할퀴겠다며 그것을 벗으라고 고집한 이유란 말이다. 나는 이해를 못하고 있었지. 나는 그 여자가 좀 취했다고 생각하고 있었어.

비체: 그런데 저도 그랬어요. 물론 다른 곳에서지만. (호기심을 보이며) 어쨌든 그 사자 발 이야기 좀 계속해보세요.

티토: (호기심에 넘쳐) 그래요, 저도 궁금해요.

토비아: 아무리 생각해도 그건 가짜 사자 발이었던 것 같아. 발톱은 있는.

비체: (가슴을 덮고 있던 낙하산 자락을 신경질적으로 끌어내려 자신의 젖가슴을 보여준다) 만져보세요.

토비아: 왜?

비체: 빨리요. (토비아가 조심스레 만져본다) 손가락 끝으로 눌러봐요. 여기요. 무언가 느껴져요?

토비아: 아니, 할퀸 자국이! 좀 볼 수 있을까?

비체: 봐야 해요.

토비아: (보기 위해 몸을 숙이지만 잘 보이지 않는다) 괜찮으면 불을 좀. (성냥을 그어 불을 켜서 살펴본다) 할퀸 상처가 얇고 평행하게 나 있군. 네 줄로 말이야.

비체: 평생 상처가 완전히 지워지지 않을 거예요. 나는 이것이 당신의 격정이 남긴 흔적이라고 생각했어요.

토비아: '당신의'라고? 누구를 말하는 거지?

비체: '당신'이요. 바로 당신 것이잖아요! 자기 것이잖아! 이제 제발 격식을 갖춘 말투는 그만해요! 일어난 일들도 복잡한데, 그 일에 대해 설명하는 말까지 복잡해지잖아요.

토비아: 그럼 편하게 말을 할까. 하지만 분명히 하자고. '그건 당신이 원해서'라는 것을 말이야.

비체: 아! 알았어요.

토비아: 나는 그럴 자격이 없는 것 같아.

티토: 괜찮다면 나도 좀 보고 싶어요.

토비아: 네가 왜 보겠다는 거냐?

티토: 몸이 부르르 떨리네요. 그것을 본 기억이 나요, 그 전에요. 그때 어떤 냄새가 났어요.

토비아: 무슨 냄새?

티토: 좀 보게 해줘요. 아마 제게도 그것에 대해 뭔가 이야기할 것이 있을 것 같아요. 거울이 욕실에 있는데. 아버지, 부탁이에요. 좀 갖다주세요.

(토비아는 자기 아들을 당황한 눈으로 바라보며 머뭇거린다. 그러고는 마지못해)

토비아: 그러지.

티토: 빨리요! 좀 갖다주세요.

(토비아가 "그러지! 그러지! 그러지!"라고 중얼거리며 멀어진다)

티토: (남아 있는 비체에게) '그러지'라는 말은 아버지가 독일 사람들에게 의료기기 값을 지불했어야 했던 날부터 계속 쓰는 표현이에요. 충격 때문에 남은 일종의 상처지요.

(얼마간 시간이 흘러 토비아가 욕실에 붙어 있던 큰 거울을 떼어 들고 왔다)

티토: 불을 다시 켜고 거울을 좀 잘 잡아보세요.

(토비아는 티토가 시키는 대로 한다)

비체: 내가 움직여야 하니? 이것이 그 흔적들이야.
티토: 그대로 있어요. 그래요. 아버지 좀 낮게 비추어보세요, 좀 낮게. (티토는 거울을 통해 보이는 것을 당황하여 바라보고 있다가) 이 상처는 조반나Giovanna 이모의 것과 똑같은데. 장소도 같고! 분명히 똑같아. 단지 이모 것이 더 길고 깊다는 차이뿐이야. 이모는 젖꼭지가 거의 긁혀 나갔었으니까.
토비아: 조반나 아주머니라면 플라보Flavio의 집사람 말이냐? 네가 그것에 대해 무얼 안다는 거냐?
티토: (모호하게) 알고 있어요, 알고 있어.
비체: (화가 나서) 플라보라니요?
토비아: 플라보 라구사. 당신도 기억하잖아!
비체: P열의 첫 번째에 있던 그 멍청한 사람?

토비아: 그래, 그 사람.

티토: 플라보 아저씨, 그래요.

토비아: 자, 이제 명백하군. 내가 함께 누워 있던 여자, 그 사자 발에 할퀼까봐 두려워했던 그 여자는 플라보와 같이 있다고 생각했지. 플라보는 그 여자와 같이 있었던 것이 아니라 비체 당신하고 같이 있었던 거야. 그런데 당신은 나와 함께 있었다고 생각했지. 나도 당신과 함께 있었다고 생각했고. 하지만 나는 다른 여자와 있었던 거지.

비체: 끔찍해요!

토비아: (티토에게) 너는 이따가 조반나와 어떻게 된 것인지 설명해봐!

비체: (실망해서) 그러니까 그 사람은 플라보였군요!

토비아: 상황을 따져보면 그렇다고 봐야지.

비체: (플라보를 생각하며) 쓰레기! 쓰레기! 쓰레기!

토비아: (비체에게) 기억하는군 그래. 플라보 라구사. 창문 쪽 제일 마지막 줄에 있던, 크고 뚱뚱하고 색소결핍증이 있던 내 제일 친한 친구였지.

티토: 불쌍한 플라보 아저씨.

비체: 바로 그 사람이에요. 내가 조금 전에 이야기한 당신 친구라는 사람.

토비아: 어린애에 대해 내게 할 말이 있다고 하던 사람 말이야?

비체: 그래요, 그 사람이요.

토비아: 이럴 수가! 나는 아직도 플라보가 나를 위로해주기 위해 스위스에서 보낸 편지들을 가지고 있어. 비체 당신이 나를 버리고 나서 내가 빠져들었던 절망의 늪으로부터 나를 끌어내기 위해 그가 쓴 편지들이지. 그때의 아픔은 아직도 지워지지 않았어.

티토: 아버지 아들로서 그런 사실들을 안다는 것이 힘들군요. 그러니까 아버지는 어머니보다 리코보노Riccobono 아주머니(비체를 지칭함—역주)를 더 좋아했었군요.

토비아: (비체에게 빈정거리며) 사실이야, 리코보노! 이 점에 관해서 우리는 아직 의견의 일치를 못 보고 있지. (단호하게) 처녀 때처럼 부르지, 파스트레뇨Pastrengo 양.

비체: 상황을 잘 파악해야 했어요. 씁쓸하지만 그래도 그렇게 해야 했어요. 먼저 내민 손을 잡았지요. 그 손이 유일한 것일 수도 있었으니까요. 그때 나는 카푸트에서 수녀 수업을 했어요. 우리 집에서는 나를 간신히 견뎌내고 있었지요. 내가 아이를 버리라는 명령을 기꺼이 받아들였는데도 말이에요. 그 잘난 신께서 제 운명에 리코보노 씨를 보내셨으니 제가 무엇을 할 수 있었겠어요? 그 사람에게 침이라도 뱉었어야 했을까요?

토비아: 그런데 왜 당신은 '아이를 버렸다'는 표현을 쓰지? 사실을 알고 있나 보지?

비체: 버렸지요! 버렸어요! 죽인 것은 아니지만 버린 거지요. 그러니까 바로 그때, 제가 죄의식으로 혼란스러워 괴로워하는 틈을 타서 그 망나니가 제 삶에 끼어든 거예요. 그치는 고통스러웠던

임신기간 몇 개월 동안 충실한 친구의 역할을 해주었지요. 누구
에게 알릴 수도 없었지만 명백한 사실로 다가오고 있었던 그 임
신기간 동안에.

토비아: 그 친구는 편지에 그 반대로 말을 했어. "나쁜 여자야!
자네 이야기를 할 때면 그녀는 냉소부터 흘리네."

비체: 내가 당신 이야기를 한 것은 사실이에요. 하지만 울면서 했
어요.

티토: 이 모든 사실을 모르고 있었다니 정말 당황스럽군요. 그러
면 아버지는 이중생활을……?

토비아: 무슨 말을 하고 있는 거냐? 왜 '이중생활'이란 말이야?
이 일은 네 어머니와 살기 이전에 있었던 일이야.

티토: 이전이라구요. 아니지요. 손가락으로 헤아려보세요. 그리
고 어쨌든 플라보 아저씨, 잔나Gianna 아주머니 모르게 여자를
쫓아다니던 그 플라보 아저씨.

토비아: 잔나 이야기는 하지 말아라! 내 누이잖니. 발수가나(이탈
리아 북부 계곡-역주)에서 자칫 실수로 나와 잠자리를 같이할 뻔했
었지.

비체: 알겠어요. 그 여자 L선 첫 번째에 있었어요. 그리고 그 L선
에 있었던 사람들은 여행을 같이했지요.

토비아: 그때 벌써 그 여자는 플라보와 시시덕거리고 있었지.

비체: 그리고 당신과 그 암말은 은밀한 관계였구요.

토비아: 나는 그것에 대해 아무것도 모르고 있었어.

티토: 그 아저씨는 제 대부가 돼주셨어요.

비체: 정말 '뻔뻔스러운 이중생활자'였군!

토비아: 그런 많은 잘못을 저지르고는, 그 중압감 때문에 그 끔찍한 짓을 한 거야.

비체: 무슨 말이지요?

토비아: 아무도 말 안 하던가?

비체: 난 아무것도 몰라요.

티토: 불쌍한 아저씨!

비체: 죽었어요?

토비아: 자살했지.

(티토는 오르가슴을 느낀다)

비체: 끔찍해!

티토: 미안해요. 이제 그냥 저절로 느껴지네요.

비체: 나는 지금 플라보에 관해 말을 하고 있는 거야. 우린 서로 오랫동안 보지 못했거든. 그러니까 그때가 아니야. 그걸 다시 생각해서 무얼하겠어?

토비아: 만일 그 사건이 지금 우리가 처한 상황을 이해하는 데 중요한 것이라면.

비체: 그래요, 우리가 처한 상황에 대해 중요한 것일 수도 있겠지요. (시간이 흐르고 그녀는 다시 말을 잇는다) 플라보는 내가 유산하기를

바라지 않았어요. 어떤 대가를 치루더라도요. 알잖아요. 당시에 내게 그런 말을 해주는 것은 단 포도주를 주는 것과 똑같은 것이 었어요. 우리 집에서는, 당신에게는 이야기했지만, 내게 선택을 강요했어요. 나는 아이를 포기하려 하고 있었어요. 그때 허심탄회한 친구 역할을 해주던 그는 열을 올리며 내 계획을 반대했어요. 그 의미를 오늘에 와서야 완전히 이해했지만, 그는 못된 장난을 생각하고 있었던 거예요. 그는 우리 가족들에게 비중이 있는 사람이 되는 것을 즐겼어요. 그 사람도 당신처럼 산부인과를 공부하다가 포기했었지요.

토비아: 뭐라고! 한동안 우리는 산부인과 병원을 함께 운영했었어.

비체: 그래, 바로 그거예요. 그는 우리 부모에게 달라붙어 내 임신 중절 수술 때 나를 도와주겠다고 했지요. 그 사람의 말에 의하면 내 체질상의 특징 때문에 합병증이 생길 위험이 있다는 거였어요. 결론만 말하면, 우리 부모는 나를 먼 병원에서 수술시켜야 한다는 그의 말에 설득당해 전혀 의심하지 않고 나를 떠나게 해주었어요. 그의 말은 당연히 엉터리였지요. 플라보는 나를 자기 집으로 데려갔어요. 그곳에서 사람들은 내가 요양을 위해 여행 중이라고 믿고 있었고, 나는 아이를 낳을 순간을 기다리고 있었어요.

토비아: 그애가 코스탄티노Costantino구만.

(티토가 오르가슴을 느낀다)

비체: 나는 플라보와 합의를 보았어요. 엄격하지만 훌륭한 삶을 코스탄티노에게 보장해줄 수 있도록 하는 일을 플라보가 전담하기로 했던 거지요.

토비아: 그러니까 플라보가 코스탄티노를 키웠어야 하는 것이지? 하지만 내가 알고 있기로는 아닌데.

비체: 그는 그 아이의 후견인이 되어주겠다고 다짐을 했는데, 한 가지 조건이 있었어요. 나와 아이 사이의 탯줄을 영원히 끊어야 한다는 것이었지요. 그 사람이 쓴 표현이에요. 어머니가 없다는 것을 앎으로서 생기는 단 한 번의 상처가, 그것이 결정적인 것이라 할지라도, 어린아이가 사실을 앎으로 해서 생길 수 있는 심각한 정서적 불균형보다는 낫다는 것이었지요.

티토: 아마 그 아이를 시골에서 남몰래 키우게 했을 수도 있겠지. 예를 들면 잔나를 시켜서 말이야.

비체: 일은 그 다음에 생겼어요. 그가 사라져버리고 만 거예요. 나는 그의 소식도, 아이의 소식도 알 수가 없었어요. 오늘까지 말이에요.

토비아: 잔인하구만!

비체: 선택의 여지는 여러 가지였을 텐데 말이에요.

토비아: 그가 아이를 데리고 간 후에 더 이상 소식이 없었나?

비체: 그는 어린아이의 젖먹이 기간 필요한 비용만을 요구했어요.

토비아: 그에게 준 돈이?

비체: 요구했다는 표현은 적절치가 않네요. 그에게 그 돈을 주는

것은 내 의무였으니까요. 그가 청구한 986만 리라를 모으느라 내가 등골이 빠졌다고 하더라도 말이에요. 그 당시 그 돈은 결코 적은 돈이 아니었지요!

토비아: 이제야 그때 그 친구가 왜 그렇게 돈이 필요했었는지 이해하겠군. 아무도 몰래 책임져야 할 애가 있었기 때문이었어. 나에게도 플라보는 같은 이유로 무시할 수 없을 만큼의 돈을 요구했지. 당신에게 가져간 돈이 얼마라고 했지?

비체: 986만 리라요.

토비아: 나한테는 1284만 리라를 가져갔지.

비체: 도대체 왜 그랬을까요?

토비아: 개인적인 문제였겠지.

비체: 나는 그저 그 많은 돈이 내 아들이 궁핍하지 않은 어린 시절을 보낼 수 있게 해주었기를 바랄 뿐이에요.

(티토는 당황한다)

티토: 죄송해요. 좀 끼어들고 싶은데요.

토비아: 또!

티토: (안심시키며) 논리적인 문제인데요.

토비아: 그렇다면 좋아.

티토: 뭔가 머리에서 뱅뱅 도는 것이 있어요. 좀 큰 소리로 말해야 될 것 같아요. 어쨌든 그 계산 때문에 눈이 다 피로해지네요.

그러니까 986만 더하기 1284만이면 얼마지요?

(침묵)

(토비아와 비체는 중얼거리며 급작스레 계산을 해보지만, 답을 내지 못한다)

토비아: 네가 알고 있으면 말해봐라. 나는 못하겠다.

티토: 2270만 리라예요. 딱 떨어지네요. 당시 아저씨가 혼자 되뇌었던 그 '갈색 화살'을 사기 위해 필요한 돈이었어요.

토비아: (이해를 못하면서) 그 개 말이냐?

티토: 아니요, '갈색 화살'은 아저씨의 첫 비행기예요. 그 당시 아저씨는 어떤 것을 배우고 있었고 그것이 아저씨의 열정이 되어버렸는데, 그것을 위해 비행기를 샀지요. 바로 고공낙하예요. 아저씨를 닮아서 저도 같은 열정을 가지고 있지요!

비체: 나쁜 놈! 우리 돈을 그런 데 썼단 말이야?

티토: 그래요, 뭔가 생각나실 거예요. (티토는 오르가슴을 느낀다)

토비아: (쉬지 않고 방을 왔다갔다 한다) 정말 헷갈리네. 우리 모두 있을 수 없는 일을 당하고 있어! (티토에게) 네가 한 말 확실한 거냐?

티토: 맹세해요, 아버지! 아버지도 기억하실 텐데요. 그리고 우리 이제 2270만 리라짜리 갈색 화살 이야기는 그만해요.

토비아: 그 비행기 생각난다. 그리고 생각해보니 그 가격도 기억이 나는군. 시간상의 문제도 딱 들어맞아. 플라보가 비행기를 산 것이 내게서 돈을 가져간 직후야.

비체: 거기에 내 돈도 합쳤지요.

티토: 돈의 합계를 보면 이론의 여지가 없어요.

비체: 이제 모든 사람이 그 인간이 어떤 인간이었는지 알게 되겠군요. 한 어머니의 절망을 이용하면서까지 돈을 벌던 인물이었다는 걸 말이에요.

토비아: (기겁을 하면서) 그런데 다른 것이 있어, 비체. 다른 것이 있단 말이야!

비체: 또 뭐죠. 우린 완전히 막다른 골목에 있는 셈이군요.

티토: 누구에게 말씀하시고 계신 거예요!

토비아: 그 비밀이 드러나면서 또 다른 베일이 벗겨졌어. 그 뒤에 감추어진 것을 알고 싶지만 너무 늦었다고 생각했는데, 이젠 알았어. 벌써 짐작하고는 있었지.

티토: 주여! 우리 모두 살아서 이 상황을 빠져나갈 수 있을까요!

토비아: (티토에게 따귀를 한 대 갈기며) 욕은 하지 마라.

비체: 그래요. 그애에게 뭘 좀 보여주세요!

티토: (서글퍼서) 뭐라고요, '주' 가 이제는 욕인가요?

토비아: (한 대 더 때린다) 두 대를 더 때리마! 조금 전 것과 합해서 세 대다.

비체: 우리를 미묘한 입장에 처하게 하지 말고 말을 해봐요!

토비아: (티토에게) 가수라는 네 흑인 친구가 준 버번위스키 아직도 있니?

티토: (불만스럽게) 저 벽장 밑에요.

토비아: (그 벽장을 향해 가면서) 술기운으로 좀 둔해지지 않으면 말을 할 수가 없겠다.

티토: (놀라서) 아버지, 또 서요, 또 서.

비체: 예수님, 얘가 나를 또 흥분하게 하는군요.

티토: 왜 '주'는 욕이 되고, '예수'는 욕이 아닌가요? 설명 좀 해주세요.

비체: 그것을 말하는 투에 달려 있는 거지.

티토: (당황해서) 이름은 욕이고, 성은 아니라? 참!

토비아: (술을 마시고 숨이 가빠서) 준비됐다.

티토: 또 단단해지는데! 또 서요!

비체: 이러다 곧 고개를 돌릴 힘도 없어질 것 같아!

(토비아가 술을 마신다)

티토: 나온다. (크게 하품을 하다가 갑자기 소리를 지른다) 아아아!

비체: 하느님 살려주세요!

토비아: 아멘.

티토: (사정을 한 후) 기대해보지요.

비체: (토비아에게) 말 좀 해봐요, 제발. (토비아, 술을 마신다)

티토: (기진맥진해하며) 내 머리가 부서지는 것 같아요. 몸은 기진맥진하구요. 단지 '거시기'만 똑바로 작동하고 있군요. (힘들게 숨을 쉰다)

토비아: (비틀거리며) 조용히 해, 제발 좀! 간단히 말하지. (잠깐 쉰 후에) 이야기의 핵심은 내가 플라보 라구사에게 좀 전에 말한 돈을 주려고 가게 된 이유에 있어. '간단히' 말하겠다고 했으니, 그렇게 하지. (단호하게) 그는 내가 사랑하던 여자에게 버려져서 망가지고 있었다는 것을 알고 있었지. 자식이 없을 미래에 대한 악몽으로 인해 가슴 답답해하고 있었던 것을 말이야.

비체: (애원하면서) 간단하게요, 간단하게.

티토: (고통을 받으면서) 커지고 있어요. 고문당하는 것 같아. 그게 나보다 더 커.

비체: 나는 더 이상 못하겠어!

토비아: 그는 나에게 편지를 썼지. (단호하게) 그 두루뭉술한 문체로. 주교 같은 문체라고나 할까. 비체, 그 문체 잘 알고 있잖아.

비체: (악을 쓰며, 절망과 고통에 빠져) 간단하게!

토비아: 아이를 원해?

비체: 아이를 또?

토비아: 아니, 편지에 그렇게 써 있었다고.

티토: 그래서요, 아버지?

토비아: (편지를 인용하면서) 만일 자네가 원하면 아이를 하나 가질 수 있네.

티토: 그래서요, 아버지?

토비아: (계속 편지를 인용하며) 아이의 사랑, 그 아이에 대해서는 누구도 자네에게 캐묻지 않을 걸세. (보다 직설적으로) 입양 말이야. 나

같은 독신자에게는 생각할 수도 없는 것이지.

티토: 그래서요, 아버지?

토비아: 자네는 아빠 아들 놀이를 하게 될 걸세. 적어도 아빠 역할은 자네 몫이지. 아이는 출생신고도 안 되어 있고, 세례도 받지 않았어. 자네가 그애를 돌보아야 하네. 인간이 만들어낼 수 있는 가장 잘생긴 아이야!

티토: 그래서요, 아버지?

토비아: (티토의 볼을 만지면서) 그 귀여운 아이가 바로 너란다.

티토: (소리를 지르며) 운명의 장난이라고 말해줘요, 아버지! 운명의 장난이라고 말해달라고요! 당신들 죄야! 그 삐뚤어진 정사가 빚어낸 결과를 좀 보세요! (그리고 항상 하듯이 하품을 하며, 긴 오르가슴을 느낀다)

토비아: (다른 구절을 인용하며) 물론 사소한 제반 문제를 해결하기 위해 약간의 돈이 필요하지. 그 절차를 마치면 아이는 자네의 아이가 되는 걸세, 영원히 말이야.

티토: 그러면 내가 태어난 후 엄마가 사냥하다 사고로 돌아가셨다는 이야기는요?

토비아: 내가 상상해낸 한심한 이야기지.

티토: 그런 착각 속에서 내가 자라왔단 말이군요.

토비아: 비체, 둘 더하기 둘이 넷이 되는 것만큼이나 명백하게 애는 당신 아들이오.

비체: 부끄러운 것보다도 혼란스러워서 정신을 차릴 수가 없군요.

티토: (토비아에게) 느끼는 그대로 말하자면, 당신은 내 아버지가 아니에요.

토비아: 그래, 하지만 아버지를 잃은 대신 어머니를 찾았으니 스스로 위안을 해라.

티토: 나는 내 동생인 셈이군!

비체: 코스탄티노!

티토: 그게 뭐예요?

비체: 바로 네 이름!

토비아: 콘스탄티누스 황제는 이 애가 제일 좋아하는 황제지. 나는 티투스Titus 황제를 좋아하고.

티토: 두 개의 이름이요? 혼란스러울 뿐이에요.

토비아: 나로서는 이제 순리대로 물러나는 일만 남았군. 나는 나를 위해 가상의 현실을 만들었고, 그 가상의 현실은 진짜 현실들이 몰려오면서 자리를 내어주었다. (비체를 향해 목소리를 떨면서) 나는 당신을, 당신은 나를 가지고 놀고 있다고 생각했어. 그러나 운명이 우리를 가지고 논 거야, 두 바보를 말이야.

비체: 나는 노는 것이 아니었어요!

토비아: 당신도 놀고 있었어, 경솔하기는! 당신도 놀았단 말이야, 이 말 많은 여편네야!

티토: (오르가슴을 느끼며) 군대가 온다고 하더라도 저 사람에게서 저 생각을 떨치게 할 수는 없을 거예요. 두렵군요. 두려워요!

비체: 나는 그렇지 않아. 나는 아무 감각도 없어. 부끄러움을 느

끼는 것을 보니 내가 살아 있기는 하구나.

토비아: 나를 생각해봐! 당신들은 나에게 인간으로서 파멸한 내 모습뿐만 아니라, 내가 직업적으로 실패한 모습까지 보여주고 있어. 구급차를 부르러 가야겠군. 다른 방법이 없어. (무대장치 밖으로 전화를 하러 나간다)

(잠시 침묵)

티토: 어머니, 내 양아버지 리코보노는 이 모든 것을 어떻게 생각할까요? 어머니 생각에 말이에요? (침묵) 그분은 이해심이 깊은 분이겠죠, 네? 저도 어머니처럼 옷을 입으러 가겠어요. 우리 다시는 헤어지지 말아요. (오르가슴을 느낀다)

---

* 이탈리아어의 프랑스어 번역: 로랑스 물리니에Laurence Moulinier

ŒDipus

 어쩌면 신화는 우리 모두가 호흡하며 살아가는 공기 같은 것인지도 모른다. 그래서 신화 역시 공기처럼 평상시에는 거의 의식되지 못하다가 조금만 부족하거나 탁해지면 곧 그 중요성을 깨닫게 한다. 신화는 이렇게 자신의 존재와 그 중요성을 드러내는 시·공간을 갖고 있다. 부족하거나 탁할 때가 바로 신화가 무색무취의 모습을 벗어버리고 실체를 드러내는 시·공간이다. 신화가 부족하면 현실은 표현하기 힘들어지며, 나아가 견디기 어려운 것이 되어버린다. 신화가 탁해지면 현실이 신화가 되거나 신화가 현실이 되는 무시무시한 세계가 올 수도 있다.

 신화는 이렇게 해서 하나의 징후로 우리 곁에 있다. 신화는 적당한 양으로, 하나의 선으로 존재해야 하며, 할당된 고유의 자리를 지키고 있어야 한다. 그렇지 못할 때 인간은 자신이 신화를 만들어낸 창조자인지, 아니면 신화 속의 인물인지 갈피를 못 잡고 혼란에 빠지게 된다. 신화를 강요하는 일도 일어날 것이다.

 이번에 소개되는 '피귀르 미틱 총서'는 요즈음 한국에서 유행하고 있는, 즉 같은 신화의 다양한 모습을 수다스럽게 열거하는 방식 대신, 인간이 신화를 만났을 때의 뼈아픈 모습들에 초점을 맞추고 있다. 왜 신화가 필요했는지, 그렇게 만들어진 신화는 왜 그리고 어떻게 변형되어야만 했는지를 이야기하며, 그 변형이 기원에서 현재에 이르기까지 정치, 경제, 문화 등 여러 방면에 걸쳐 행사한 영향력들을 추적하고 있다. 그래서 단순히 그리스 로마 신화에 나오는 신화적 인물만이 아니라 성경과 문학 작품 속에 등장했던 인물들까지 다루고 있는 것이다. 신화는 문학 속으로, 미술 속으로 그리고 사상과 역사 속으로 쉼 없이 물줄기를 돌려 굽이치기 때문이다.

오이디푸스 역시 이러한 신화적 변형을 거치며 오랜 세월에 걸쳐 만들어진 인물 중 하나다. 최초의 오이디푸스는 어쩌면 없는지도 모른다. 프로이트의 무의식의 발견에서 가장 중요한 점이 바로 이것일 것이다. 가슴속으로 파고들어 다시는 떠나지 않는 오이디푸스는, 처음 들어온 모습 그대로가 아니라 변형된다는 것이 그의 메시지였기 때문이다. 이 변형은 정치적인 것이기도 했다. 왕이 오이디푸스를 만났을 때 그는 그 이야기를 현재의 자신의 이야기로 대입했다. 군주제의 기반과 붕괴의 공포도 읽었을 것이다. 하지만 오이디푸스는 이제 심리상담실에서나 만날 수 있는 초라한 모습으로 존재한다. 이렇게 되기까지 오이디푸스는 볼테르, 지드, 콕토 등을 거쳤으며, 19세기 초와 말에 활동했던 프랑스 화가 장 도미니크 앵그르나 귀스타브 모로 등의 손을 거치기도 했다.

요컨대 오이디푸스는 사라지지 않았다는 것이다. 그러나 그가 언제 어디서 누구에게나 동일한 모습으로 존재한다고 생각한다면, 이는 크게 잘못된 생각이다. 현실만으로는 부족한 사람들에게만 오이디푸스가 존재할 수 있기 때문이다. 시인들은 이 부류의 사람들이다. 그리고 인간은 대부분 시인들이거나, 한때 시인들이었다.

2003년 4월 정장진

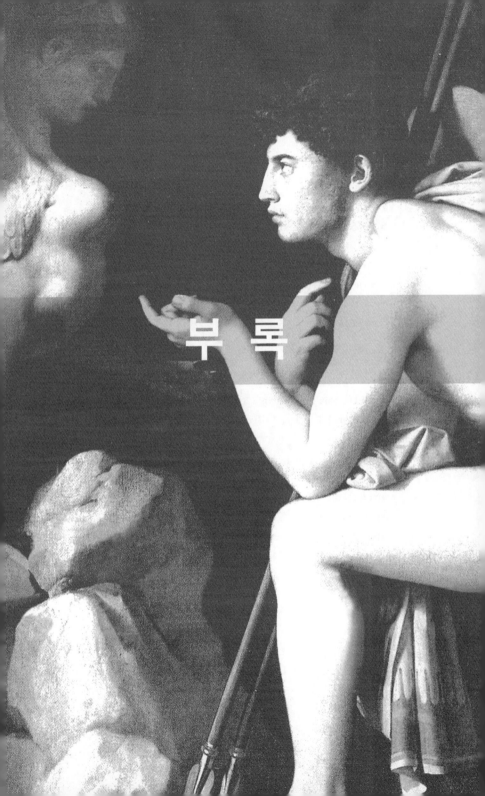

부록

Œdipus

Vers 750 av. J.-C. Homère, *Odyssée.*

525~456 av. J.-C. Eschyle, *Laïos, Œdipe, Les Sept Contre Thèbes* (nous ne possédons que dernière pièce et des fragments des deux autres).

Vers 430 av. J.-C. Sophocle, *Œdipe-Roi.*

Vers 407 av. J.-C. Euripide, *Œdipe* (tragédie aujourd'hui perdue), *Les Phéniciennes.*

Vers 406 av. J.-C. Sophocle, *Œdipe à Colone.*

1er siècle apr. J.-C. Sénèque, *Œdipe.*

90-91 apr. J.-C. Stace, *La Thébaïde.*

1580. Robert Garnier, *Antigone ou la Piété.*

1614. Jean Prévost, *Edipe.*

Vers 1635. Gédéon Tallemant des Reaux, *Edipe.*

1637. Jean de Rotrou, *Antigone.*

1659. Pierre Corneille, *Œdipe.*

1664. Jean Racine, *La Thébaïde ou les Frères ennemis.*

1679. John Dryden et Nathaniel Lee, *Œdipus.*

1679. Henry Purcell, musique pour *l'Œdipe-Roi* de Sophocle.

1718. Voltaire, *Œdipe.*

1719. Biancolelli et Luigi Riccoboni, *Œdipe travesti* (parodie de Voltaire).

1722. Père F.M. Folard, *Œdipe*.

1726. Antoine Houdar de La Motte, *Œdipe*, tragédie en prose.

1726. Antoine Houdar de La Motte, *Œdipe*, tragédie en vers.

1726. Marc-Antoine Legrand, *Le Chevalier errant* (parodie de La Motte).

1730. La Tournelle (de), *Œdipe ou les Trois Fils de Jocaste*.

1731. La Tournelle (de), *Œdipe et Polibe*.

1731. La Tournelle (de), *Œdipe et toute sa Famille*.

1731. La Tournelle (de), *Œdipe ou l'Ombre de Laïos*.

1780. Jean-François Ducis, *Œdipe chez Admète*.

1781. Lauraguais (Louis Léon Félicité, duc de Brancas, comte de), *Jocaste*.

1784. Sextius Buffardin d'Aix, *Œdipe à Thèbes ou le Fatalisme*.

1786. Bernard(d'Héry), *Œdipe-Roi*.

1787. Nicolas-François Quillard, *Œdipe à Colone*, opéra (musique de Sacchini).

1791. La Touloubre (Duprat de), *Œdipe à Thèbes*, tragédie lyrique.

1797. Léonard(N.G.), *Œdipe ou la Fatalité*.

1799. Legouvé(G.M.J.B.), *Étéocle*.

1799. Nicola Antonio Zingarelli, *Œdipe à Colone*, opéra.

1804. Friedrich Hölderlin, *Remarques sur Œdipe*.

1818. Marie-Joseph Chenier, *Œdipe à Colone*.

1818. Marie-Joseph Chenier, *Œdipe-Roi*.

1823. Giovanni Battista Niccolini, *Œdipe dans le bois des Euménides*.

1826. Jean-François Ducis, *Œdipe à Colone*.

1829. Francisco de Paula Martínez de la Rosa, *Œdipe*.

1829. Karl August von Platen-Hallermünde, *Der Romantische Ödipus*.

1845. Félix Mendelssohn Bartholdy, *Œdipe à Colone*, musique de scène.

1860. Moussorgsky, *Œdipe-Roi*, chœur mixte.

1879. Anatole France, *Jocaste*.

1887. Sir Charles Villiers Stanford, *Œdipe-Roi*, opéra.

1903. Le sâr Peladan, *Œdipe et le Sphinx*, drame.

1904. Ildebrando Pizzetti, *Œdipe-Roi*, musique de scène.

1905. Hugo von Hofmannsthal, *Œdipus und die Sphinx*.

1912. Charles Péguy, *Les Sept contre Thèbes*.

1914~1916. Augustin Boyer d'Agen, *Œdipe à Colone*.

1919. Saint Georges de Bouhellier, *Œdipe, roi de Thèbes*.

1920. Ruggero Leoncavallo, *Œdipe-Roi*, opéra.

1925. Georges Rivollet, *Œdipe à Colone*, drame en musique.

1926. William Butler Yeats, *Œdipe-Roi*.

1927. Jean Cocteau, *Opéra*.

1927. Stravinsky, *Œdipus Rex*, opéra (livret de Cocteau, traduit en latin).

1928. Jean Cocteau, *Œdipe-Roi*.

1931. André Gide, *Œdipe*.

1933~1935. Pierre Jean Jouve, *Sueur de sang*.

1934. Claude Orly, *Œdipe*, scène lyrique.

1934. Jean Cocteau, *La Machine infernale*.

1936. Edmond Fleg, *Œdipe*, tragédie lyrique (musique de G. Enesco).

1951. Henri Ghéon, *Œdipe ou le Crépuscule des dieux*.

1953. Alain Robbe-Grillet, *Les Gommes*.

1956. Michel Butor, *L'Emploi du temps*.

1958. Yves Bonnefoy, *Hier régnant désert*.

1959. T.-S. Eliot, *The Elder Statesman*.

1959. Carl Orff, *Œdipus der Tyrann, jeu funèbre*.

1961. Jean-Jacques Kihm, *Œdipe ou le Silence des dieux*.

1963. Luigi Candoni, *Œdipe à Hiroshima*.

1967. Pier Paolo Pasolini, *Œdipe-Roi, film*.

1978. Hélène Cixous, *Le Nom d'Œdipe.*

1978~1986. Jean Anouilh, *Œdipe ou le Roi boiteux.*

1985. Heiner Müller, *Hamlet-Machine.*

1990. Steven Berkoff, *Greek, À la grecque.*

1990. Henry Bauchau, *Œdipe sur la route.*

1990. Giuseppe Manfridi, *Zozòs, Teatro dell'eccesso, pièce.*

1993. Jacques Lacarrière, *Jocaste*, livret d'opéra.

1994. Didier Lamaison, *Œdipe-Roi*, roman.

ŒDIPUS

Albouy Pierre, *Mythes et Mythologies dans la littérature française,* Paris, Armand Colin, U. Lettres, 1969.

Aristote, *Poétique,* trad. Dupont-Roc et Lallot, Paris, Seuil, 1980.

Arister Colette, *Le Mythe d'Œdipe,* Paris, Armand Colin, U-Prisme n° 40, 1974.

Benrekassa Georges, «Loi naturelle et loi civile l'idéologie des Lumières et la prohibition de l'inceste». *In : Le Concentrique et l'Excentrique : marges des Lumières,* Paris, Payot, 1980.

Biet Christian, *Œdipe en monarchie, tragédie et théorie juridique à l'âge classique,* Klincksieck, 1994.

Burguiere A., Klapisch-Zuber Ch.,

Segalen M., Zonabend F. (sous la direction de), *Histoire de la famille,* Paris, Armend Colin, 1986.

Cherpack Clifton, *The Call of Blood in French Classical Tragedy,* Baltimore, John Hopkins Press, 1958.

Constans Léopold, *La Légende d'Œdipe étudiée dans l'Altiguité, au Moyen Âge et dans les temps modernes, en particulier dans le Roman de Thèbes, texte français du XIIe siècle,* Paris, Maisonneuve, 1881.

Delcourt Marie, *Œdipe ou la Légende du Conquérant,* Paris, Droz, 1944.

Delumeau Jean, Roche Daniel, *Histoire des pères et de la paternité,* Paris, Larousse, «Mentalités : Vécus et Représentations», 1991.

Flandrin Jean-Louis, *Familles, parenté, maison, sexualité dans l'ancienne société,* Paris, Hachette, «Le temps et les Hommes», 1976.

Fraisse Simone, *Le Mythe d'Antigone,* Paris, Armand Collin, 1974.

Freud Sigmund, *L'Interprétation des rêves,* Paris, PUF, 1967.

Goux Jean-Joseph, *Œdipe philosophe,* Paris, Aubier, La Psychanalyse prise au Mot, 1990.

Green André, *Un œil en trop : le complexe d'Œdipe dans la Tragédie,* Paris, Éditions de Minuit, «Critique», 1969.

Jones Ernest, *Hamlet et Œdipe,* trad. A.M. Le Gall, Paris, Gallimard, «Connaissance de l'Inconscient», 1967.

Knox Bernard M.W., *Œdipe at Thebes,* New York, The Norton Library, 1971.

Legende Pierre, *Leçons IV. L'inestimable objet de la transmission. Étude sur le principe généalogique en Occident,* Paris, Fayard, 1985.

Leçons VII. Le désir politique de Dieu. Étude sur les montages de l'État et du Droit, Paris, Fayard, 1988.

En collaboration avec Anton Schütz, Marc Smith, Yan Thomas, *Leçons IV (suite). Le dossier occidental de la parenté. Textes juridiques indésirables sur la généalogie,* Paris, Fayard, 1988.

Leçons VI. Les enfants du texte. Étude sur la fonction parentale des États, Paris, Fayard, 1992.

Lévi-Strauss Claude, *Anthropologie structurale,* Paris, Plon, 1974(2ᵉ édition)

Nietzsche Friedrich, *La Naissance de la Tragédie,* trad. G. Bianquis, Paris, Gallimard, «Idées-Philosophie» n° 210, 1970.

Odagirl M., *Le Mythe d'Œdipe dans le théâtre français du XVIᵉ siècle à nos jours,* Septentrion, presses universitaires, 1988(2 vol.).

Safouan Moustapha, *Études sur l'Œdipe,* paris, Seuil, Le Champ Freudien, 1974.

Saïd Suzanne, *La Faute tragique,* Paris, Maspero, 1978.

Scherer Jacques, *Dramaturgies d'Œdipe,* Paris, PUF, 1987.

Steiner George, *Les Antigone,* Paris, Gallimard(1984), 1986.

Van Der Sterren Driek, *Œdipe, une étude psychanalytique d'après les tragédies de Sophocle,* trad. de L. de Chambure, Paris, PUF, «Le Fil Rouge», 1976.

Vernant Jean-Pierre et Vidal-Naquet Pierre, *Mythe et Pensée chez les Grecs,* Paris, Maspero, 1965.

Mythe et Tragédie en Grèce ancienne, Paris, Maspero, 1972.

Wittgenstein Ludwig, «Conversations sur Freud»(1946). In: *Leçons et Conversations sur l'esthétique, la psychologie et la croyance religieuse* (textes établis par C. Barret, trad. J. Fauve), Paris, Gallimard, Folio-Essais, 1971.

이 책의 번역자 정장진은 1984년 고려대학교 불문과 대학원에서 석사학위를 취득한 후 도불, 파리 제4대학 소르본느와 제8대학 셍드니 뱅센느에서 현대소설과 정신분석학 비평으로 박사 학위를 받았다. 귀국 후 성균관대학교 대학원 비교문화과정 겸임교수를 역임하며, 고려대학 교, 서강대학교, 덕성여자대학교 대학원에서 정신분석과 문학비평을 강의했다.

현재 고려대학교 국제어학원과 불문과에서 신화, 프랑스 미술, 프랑스 소설 등을 강의하고 있으며, 문학평론가, (주)포탈 아트의 학술고문으로 활동 중이다. 또한 〈뉴스위크〉와 〈주간조선〉 등에 미술과 문화에 관한 칼럼을 연재하고 있다.

비평집으로 〈두 개의 소설 두 개의 거짓말: 김진명과 이인화의 소설에 나타난 기만의 수사학과 무의식의 언어〉가 있고, 주요 번역서로는 〈예술과 정신분석〉, 〈창조적인 작가와 몽상〉 등이 있다.

오이디푸스

초판 1쇄 인쇄일 | 2003년 4월 15일
초판 1쇄 발행일 | 2003년 4월 21일

책임편집 | 크리스티앙 비에
옮긴이 | 정장진
펴낸이 | 김현주
펴낸곳 | 이룸
표지 디자인 | 민진기

출판등록 | 1997년 10월 30일 제10-1502호
주소 | 121-210 서울시 마포구 서교동 395-101 우신빌딩 5층
전화 | 편집부 (02)324-2347, 영업부 (02)2648-7224
팩스 | 편집부 (02)324-2348, 영업부 (02)6737-7696
e-mail | erum9@hanmail.net

ISBN 89-5707-020-6 (04860)
      89-5707-019-2 (set)

값 12,000원
잘못된 책은 교환해 드립니다.